Curves Rock

Tome 1 : C'est la guerre

Amy Nightbird

Curves Rock

Tome 1 :
C'EST LA GUERRE

Amy Nightbird

www.soromance.com

Chapitre 1
« Bad Day», REM

Stones

Les premières notes de *Scars* de Papa Roach envahissent la pièce, améliorant sensiblement mon humeur du jour. Je me regarde dans le miroir, et ce que je vois me désole au plus haut point. Stones, 1m70, cheveux longs bouclés couleur chocolat, chemise à carreaux boudinée dans mon jean slim, et le point le plus gênant : « ronde ». Cette caractéristique à elle seule parvient à m'éloigner des autres... Ou peut-être qu'elle les éloigne sans mon consentement. Ma tactique fructueuse a été testée scientifiquement pendant de nombreuses années. Je masque mon mal-être derrière une personnalité enjouée et sûre d'elle. Pourtant, je ne me voile pas la face. Je suis toujours un membre à part entière de ce club dans lequel on entre sans avoir à fournir le moindre effort, juste en se laissant aller. Cette idée m'amène à me demander comment j'ai pu en arriver là.

Assez ! Je me raisonne mentalement : *Stones, tu as déjà explosé ton forfait journalier de 10 minutes de déprime autorisées.* Il se trouve qu'en plus, j'ai une grosse journée devant moi. Je viens juste de terminer mon stage, et je suis parvenue à avancer ma soutenance à aujourd'hui pour en finir au plus vite, un peu comme un pansement qu'on arrache d'un coup. Et pour couronner cette journée qui s'annonce comme l'une des plus stressantes depuis longtemps, j'ai appris hier que l'éminente professeure que j'ai détestée pendant toute mon année de licence va faire partie du jury. Bon, je vais me changer parce que cet accoutrement ne m'attirera en aucun cas des points supplémentaires, bien au contraire ! Je fouille dans ma penderie, balance des fringues par-dessus mon épaule. Une robe portefeuille noire ! Pourquoi pas ? Je suis trop en retard de toute façon !

Je me change et maquille mes « magnifiques yeux bleu gris », à ce qu'il paraît… J'embarque mon mémoire et monte dans le bus, direction le jugement dernier avec mes écouteurs vissés aux oreilles. J'oubliais, mon humour noir est une autre des non-qualités constituant ma carapace en béton armé. Comme toujours, le bus est bondé… Je n'ai vraiment plus l'habitude de ces conneries !

J'arrive enfin devant ce bâtiment austère que j'ai déjà hâte de quitter ! Un coup d'œil à l'heure sur mon portable me fait dire que je devrais me remuer. L'ascenseur n'a pas l'air très réactif, l'escalier ne peut pas me faire de mal de toute façon. En pleine course, l'étourdie que je suis heurte un mur. *Très classe, Stones…* Je lève les yeux et me retrouve happée par un ouragan turquoise. L'ouragan est en fait un homme… Oh My God ! il est bien trop beau pour être réel ! J'en reste stupidement muette. Lui, en revanche, a l'air furax, genre Bruce Banner qui devient Hulk. Sa voix explose comme la foudre :

— Vous ne pourriez pas faire attention !

Là je devrais dire un truc du genre « si bien sûr, mais j'adore me la jouer bulldozer ! », mais je laisse juste échapper un murmure :

— Euh… oui… déso… lée.

— Oubliez ça, je n'ai pas le temps pour ces conneries ! Un conseil, mangez moins, et vous serez peut-être moins empotée !

Alors là ! C'est le top, j'avais vraiment besoin de ça pour me sentir encore mieux avant l'entretien le plus important de ma vie ! Ok, après tout, un diplôme sert juste à briller dans les soirées ! Mais qu'est-ce que je peux débiter comme conneries à la minute !

— Espèce de…

Trop tard pour répliquer, il s'enfuit déjà comme un dératé. Les larmes déferlent sur mes joues. Il faut que je passe aux toilettes pour limiter les dégâts.

Après avoir enfin repris forme humaine, enfin aussi humaine que possible… j'essaie de me ressaisir. *Sois forte ! Tu ne vas pas gâcher 5 années d'efforts et ton master pour un connard !*

C'est le moment de rentrer dans la cage aux fauves.

Je passe donc une heure à détailler mon expérience en Turquie en tant que directrice marketing d'un hôtel. Le PowerPoint sur lequel j'ai passé des heures est complètement raté. Sur l'écran, le jaune devient rose et le noir devient violet, merci à notre super matériel universitaire. Je vois à l'expression exaspérée de ma professeure préférée, alias le « Dragon », que j'aurais dû venir plus tôt pour vérifier le projecteur.

Bon, finalement, ce n'était pas si terrible. Après une heure et quelques pleurs à la fin de l'exposé à cause de mon émotivité face aux critiques, je sors avec un petit quinze, arraché dans la douleur à mon dragon préféré, et surtout avec mon master tourisme en poche. C'est un grand jour ! Enfin débarrassée ! *Life is just beginning!*[1]

À peine sortie, j'appelle mon meilleur ami Jake pour lui annoncer la bonne nouvelle et oublier toutes ces mésaventures :

— Oui, ma belle ! Meilleur ami et homme parfait, bonjour !

— Très modeste, Jake ! Comme d'habitude !

— La modestie est le plus exécrable des défauts !

— Selon qui ?

— Ma mère !

— Cela explique beaucoup de choses, me semble-t-il !

— Tu as l'air shootée à l'ecstasy, que se passe-t-il ? Tu viens d'apprendre que le noir est le nouveau rose ?

— Oui, tu as deviné ! Comme si c'était mon genre ! Au fait, j'ai enfin obtenu mon master !

— Yeah ! Bravo, ma belle, tu es « masterisée » et ça mérite une fiesta d'enfer avec des litres de Gin tonic !

— Tu lis dans mes pensées !

— Je pose une seule condition alors ! Non, deux en réalité !

— Ok, dis toujours !

— Primo, j'invite ma petite lauréate ! Deuxio, je m'occupe de ton look, et ça, c'est non négociable !

— Pfft, dit la fille qui va ressembler à une traînée !

---

1. « Ma vie commence maintenant ! »

— C'est surtout la fille qui cache ses jolies formes sous des sacs !

— Ok… dans une heure chez moi pour mon exécution !

Chapitre 2
« Born for greatness »,
Papa Roach

Stones

Je rentre chez moi, le cœur léger. J'habite dans un studio cosy, non loin de la gare de Bruxelles-Midi. Je lance ma playlist « Smile » et *Thanks for the memories* de Fall out Boy envahit la zone.

Cosy ! c'est plutôt une façon polie de dire petit. Je plaisante, j'ai de la chance ! C'est mon cadeau d'entrée en fac de la part de Mum et Daddy. Le tour du propriétaire est vite fait : une chambre noyée sous le turquoise – ma couleur préférée –, une cuisine ouverte – dans laquelle je passe le plus clair de mon temps – et un espace salon qui servait de chambre à Inès ; tout ça décoré avec un max de posters cools. Ines, ma beauté renversante/meilleure amie de colocataire, m'a quittée il y a un mois de ça pour partir étudier un semestre à la prestigieuse université de Miami. Elle me manque énormément, car elle est d'un optimisme à toute épreuve et déborde de joie de vivre, un vrai rayon de soleil ! Mon père est natif de Miami et il l'a aidée à trouver un job pour financer sa chambre qui, selon elle, ressemble à une cage. Mes parents vivent en Floride, mais j'ai grandi en France, pays d'origine de ma mère. Je leur dois ce prénom, car ma conception a eu lieu sur une chanson des Rolling Stones… Avais-je envie de connaître cette info ? Euh… La grisaille locale leur a donné le mal du pays et ils sont retournés vivre aux États-Unis. Mais quitter l'Europe n'était pas dans mes projets. Je devais terminer mes études à Bruxelles et quitter mon meilleur ami était impensable. Qu'aurait-il fait sans moi ? Il serait devenu encore plus dingue…

Mon master en poche, je vais maintenant pouvoir décrocher un poste de concierge privée dans un hôtel de luxe. Œuvrer dans l'ombre pour que tout le monde soit satisfait est l'aspect que je préfère. Ôtez-vous d'un doute, je ne passe pas ma vie à me cacher ! Pas du tout ! Le poste que je convoite se trouve dans un hôtel de luxe qui va bientôt ouvrir ses portes : le *Wonderwall*. La décoration et l'architecture sont des chefs-d'œuvre résolument glam rock avec des chambres aux noms de mes groupes favoris. De plus, c'est un cinq étoiles, et cela constituerait un vrai plus sur mon CV pour atteindre mon rêve ultime : diriger un hôtel. Mais je m'inquièterai de tout ça demain. Pour l'instant relax : *Tonight's the night!*[2]

Cependant, il subsiste une ombre au tableau. La tempête turquoise n'a pas quitté mon esprit depuis l'incident – ou l'humiliation. J'hésite entre les deux qualificatifs. Cet homme est comme un sabre qui a pourfendu le peu de confiance en moi qu'il me restait. Je ne cesse de ressasser les mots prononcés par cet homme aussi beau qu'arrogant et détestable. « Un conseil, mangez moins et vous serez moins empotée ! » C'est le scoop de la décennie, je suis parfaitement au courant de cet état de fait. Je le hais, j'aurais dû trouver une de mes répliques cinglantes habituelles. Mais non ! Au lieu de ça je me suis figée sans pouvoir en

---

2. « Ce soir est mon soir ! »

placer une. J'étais tétanisée, car il a tout de suite su où frapper pour faire un maximum de dégâts avec la grâce d'un missile.

Malgré tout le mal que je pense de lui, je ne peux me soustraire à son image. C'était un brun ténébreux avec des yeux qui transpercent l'âme. Le souvenir de ses cheveux foncés savamment décoiffés et de ses yeux turquoise, comme la mer des Caraïbes, me hante. Il était excessivement grand, doté d'une carrure athlétique et me dominait de toute sa hauteur. Je ne parviendrai jamais à me sevrer de son odeur virile aux notes de citron et de cèdre. Du fond de ses prunelles émanait une lueur de danger qui a réduit à zéro mes chances de prendre l'ascendant. Son look transpirait l'argent : un jean chic délavé, un « rock shirt »[3] des Biffy Clyro – un de mes groupes préférés – qui laissait apercevoir un tatouage, et pour finir, un perfecto en cuir noir. L'incarnation du « bad boy » dans toute sa splendeur, avec en prime un visage angélique. En résumé, il était inaccessible et pouvait me faire beaucoup trop mal. Malgré sa méchanceté apparente, le désir que j'avais ressenti était inédit. Peut-être ai-je au fond de moi un côté masochiste ! Heureusement pour mes facultés mentales, je ne le reverrai plus jamais. D'ailleurs, en y repensant, c'était comme un intrus dans une forteresse d'austérité. Je n'arrête pas de me repasser la scène en boucle et je n'arrive pas à comprendre ce qu'il faisait à la fac.

La sonnette interrompt soudain le fil de mes pensées. J'ouvre la porte et tombe sur ce qui semble être mon meilleur ami, caché derrière une panoplie de sacs et de housses à vêtements.

---

3. Tee-shirt d'un groupe de rock.

— Jake ! Tu déménages ?

— Quoi ? Ah non ! C'est juste ce qu'il me fallait pour te rendre présentable, dit-il avec un clin d'œil.

— C'est charmant !

— Sois sage ! J'ai des cupcakes, du champagne et plein de jolies choses !

— Si tu as du champagne, tu es pardonné pour cette fois.

— Sors les coupes, au lieu de débiter des conneries !

Mon Jake Leighton est un personnage à lui tout seul : bisexuel adulé des deux sexes, adepte de boxe thaï, exubérant, styliste et beau comme un dieu. C'est un cliché à lui tout seul, il parle sans aucun filtre, mais je l'adore. Sans lui, je resterais dans ma coquille.

Je prends deux coupes avant que Son Altesse s'impatiente. Nous trinquons « à ma réussite, à mon futur job et à mes futurs amours ». Mes chances que tout cela se réalise sont minces, n'en déplaise à Sa Majesté. Je raconte ma mésaventure de ce matin à mon meilleur ami, qui est maintenant très en colère et s'énerve :

— Mais quel con !

— Ce n'est pas un drame, et puis il n'a pas tort !

— « Personne ne peut vous diminuer sans que vous y consentiez. » Tu connais ? C'est d'Eleanor Roosevelt. Tu devrais suivre la devise de cette brave Eleanor !

— Je sais…, dis-je en regardant le sol.

— Assez parlé ! À nous deux, laisse-moi créer la nouvelle toi !

— On dirait le docteur Frankenstein, tu me fais peur !

— Si tu ne viens pas tout de suite, tu auras des raisons de me craindre !

Serrés tous deux dans ma salle de bain durant une éternité, Jake applique de nombreuses couches de poudres, crèmes, sprays et autres sur mon visage et mes cheveux en parlant de la pluie et du beau temps pour faire diversion. On se croirait dans *Le Diable s'habille en Prada*. Un vrai ravalement de façade ! Il sait que me faire pomponner n'est pas ma tasse de thé. Jake s'exclame :

-— Stones 2.0 est prête !

D'un geste théâtral, il m'emmène dans la chambre et me donne des vêtements qu'il a vraisemblablement dessinés pour moi : un jean noir, une chemise en jean cloutée aux épaules et un magnifique perfecto. Je me sens dans mon élément, c'est déjà ça !

Chapitre 3
« Rock you », Queen

Stones

Je m'habille avec la tenue généreusement offerte par Jake et le remercie :

— Wow ! Jake, il ne fallait pas, c'est beaucoup trop !

— Ce n'est rien, j'ai toujours voulu créer des tenues pour toi, et c'est toi qui es magnifique : la Stones 2.0 est née !

Il me plante devant le miroir, les yeux fermés et me demande si je suis prête. J'acquiesce, on se croirait dans une émission de relooking ! J'ouvre les yeux, et là, je suis sous le choc, et mon ami est mort de rire. Mes cheveux sont lâchés et ont de jolies ondulations *wavy*, mes yeux arborent un joli *smoky eyes* et les vêtements ne me boudinent pas du tout. Ce style me ressemble, je suis une nouvelle Stones, et je me trouverais presque jolie s'il n'y avait pas ces kilos qui me gâchent la vie. Jake trépigne :

— Alors ?

— C'est très réussi !

— C'est tout !?

— Tu as fait de ton mieux avec le modèle dont tu disposais…

— Arrête ça tout de suite ! Mets un sourire sur ce joli visage et bouge tes fesses de bombe atomique ; on doit y aller ! On est invités à la soirée d'inauguration du *Wonderwall* !

— Ce n'est pas possible ! Comment as-tu fait ?

— J'ai accepté leur sollicitation pour dessiner les uniformes du staff. Ah oui ! J'oubliais, tu as le poste !

— Quoi ? Comment ? Jake !

— Le poste de concierge privée, évidemment ! J'ai donné ton CV au directeur lors de notre entrevue, il est canon et j'ai usé de mes charmes !

— Ça fait de moi une pistonnée ! Et comment tu as eu mon CV ?

— Tu l'avais oublié dans ma voiture ! Mais non ! Pete a dit que tu étais la personne parfaite pour ce poste, et tu commences lundi !

— Pete ?

— Tu ne veux pas savoir… et on est déjà en retard ! Mets ces merveilles ! dit-il en désignant des engins de torture à talons de dix centimètres.

— Ok, mais tu ne perds rien pour attendre.

— D'accord, ma chérie, mais je sais que tu me remercieras pour le poste !

— On ne peut rien te cacher ! dis-je pour la forme avec un air exaspéré.

Nous voilà partis dans la voiture de Jake. Notre fine équipe ne risque pas de passer inaperçue dans une Mini noire, customisée avec des strass by J. Jake est américain et il n'accorde aucune importance à ce que pensent les autres. Comme je l'envie ! Arrivés à destination, les battements de mon cœur s'accélèrent. Le *Wonderwall* est enfin ouvert ! Le nom de l'hôtel est écrit en lettres immenses et éclairées en rouge, stylisées comme lors d'un concert à l'Olympia.

Mon ami donne les clés de la Mini au voiturier, car nous sommes effectivement sur la liste des VIP, comme il me l'a assuré. Nous pénétrons donc dans l'hôtel par l'entrée des artistes. Les vigiles s'écartent sans exiger la moindre invitation et en lançant « Bonne soirée J ». J'ignore toujours la raison de ce traitement de faveur. J'écarquille les yeux et regarde Jake avec insistance. Il me fait taire d'un mouvement de la main. Cet homme aime faire des mystères, comme une vraie diva !

Nous pénétrons dans un hall immense orné d'un lustre Baccarat qui attire l'œil. Le bureau de la réception est tout en transparence, rehaussé de bougies et d'orchidées dans un style épuré, et posé devant un mur portant l'inscription « I LOVE ROCK ». Les murs sont immenses, peints dans un noir mat, et le sol est en béton ciré pour une touche industrielle. Des canapés en cuir et des éléments de déco rock viennent parfaire l'ambiance. Le paradis ! Ici et là sont déposés des guitares électriques, des posters de groupes, des disques et des objets signés. La soirée bat son plein, et les invités discutent un peu partout, un verre à la main, en admirant ce nouveau temple du rock.

Sur le côté, il y a un stand en métal recouvert de vinyles, avec le mot « concierge » en lettres lumineuses. Je ne réalise toujours pas que je serai à ce poste lundi. J'oublie le stress, je préfère profiter de la soirée. Le DJ passe

Wonderwall d'Oasis en clin d'œil au nom de l'hôtel. Le bar est grandiose, entièrement en métal et éclairé comme une scène. Les barmen ont des allures de mannequin en jean et « rock shirt ». J'espère secrètement que ce ne soit pas une condition d'embauche, sinon je vais être virée dès le premier jour.

Je commande deux Gin tonic avec zestes de citron, et le barman tout en muscles me fait un clin d'œil. Je lui réponds en souriant. Je ne vois plus Jake. Il a dû tomber sur une de ses connaissances. Grâce à sa boutique, il connaît tout Bruxelles. Je récupère les boissons, non sans un autre clin d'œil du barman – il doit probablement recevoir une prime au nombre de clientes charmées. En parcourant le hall des yeux, je repère enfin J avec ses cheveux remontés en bun et habillé d'un tee-shirt sous une veste de blazer coordonnée à un jean noir élimé. Le styliste a une réputation à défendre !

J'accède difficilement jusqu'à lui, essayant de maîtriser ma maladresse légendaire sur des talons, qui plus est avec des verres en main. Il discute avec un beau gosse aux cheveux blonds et aux yeux couleur whisky. Trop absorbé par sa conversation, il ne m'aperçoit que quand j'effleure son épaule :

— Hey ma chérie ! Tu m'as amené du carburant !

— Oui, Gin tonic, *as usual!*[4]

— Voici Pete Smith, ton nouveau boss ! dit-il comme s'il me présentait son voisin.

Jake a vraiment un don pour se sentir partout comme chez lui. Ce qui n'est pas mon cas. Alors, je lance un timide :

---

4. « Comme d'habitude ! »

— Enchantée, Monsieur Smith.

— Monsieur Smith, c'est mon père ! Pitié, juste Pete, et c'est « tu » pour toi !

— En tout cas, merci de me faire confiance pour le poste de concierge !

— De toute façon, tu avais le meilleur profil, sans compter sur la persévérance de Jake...

— Rien ne lui résiste !

— Qui voudrait y résister ? Viens avec moi, je vais te présenter le reste de l'équipe !

Je suis extrêmement mal à l'aise, car je réalise que j'ai interrompu une séance de flirt. L'homme, à l'accent britannique, me dirige vers deux canapés d'où proviennent des éclats de rire. En une seconde, mon monde s'effondre quand je reconnais la tempête turquoise de ce matin.

Chapitre 4
« Let's dance », Fall out boy

Stones

Je suis tellement déstabilisée que je me fige et vide mon Gin tonic d'un trait. Je vais en avoir besoin pour l'affronter. Pete ne tient pas compte de mon inaction et m'entraîne par la main à travers la foule pour rejoindre le staff. Il salue tout le monde et annonce :

— Hello à tous ! Je vous présente Stones, notre nouvelle *Wonderwall* concierge.

Tout le monde me souhaite la bienvenue, à part la tempête turquoise, qui me fusille du regard. Pete me présente les réceptionnistes, Jean, Dalia, Marc, Elia et Filip. Ensuite, il désigne un homme aux cheveux et aux yeux noirs, habillé d'un costume 3 pièces : c'est le directeur marketing. Puis, un autre homme au regard sombre, qui est le directeur financier. Il a vraiment la tête de l'emploi, celui-là. Il me présente ensuite mon collègue, Dan, le deuxième concierge, qui m'offre un grand sourire. Pour finir, son regard s'arrête sur mon cauchemar de ce matin, qui n'est autre que son associé et second propriétaire de l'hôtel. C'est bien ma veine !

Je fuis en leur souhaitant une bonne soirée, et en prétextant devoir me rendre aux toilettes. En ouvrant la porte, je me rends compte que quelqu'un me retient le bras. Je me retourne et tombe sur mon cauchemar turquoise, encore lui ! Hors de question que je me laisse insulter cette fois-ci ! En essayant de garder mon calme, car il reste encore une chance qu'il ne m'ait pas reconnue, je lui dis :

— Un problème, Monsieur ?

— On s'est déjà rencontrés.

Eh oui ! Bien sûr qu'on s'est déjà rencontrés, lors de mon inoubliable humiliation !

— Non, il ne me semble pas, Monsieur, mens-je.

— Ce n'est pas une question !

— D'accord ! Alors oui, c'est vous l'homme ignoble de ce matin !

— C'est vous la femme maladroite de ce matin !

— Nous savons dorénavant qui est qui ! Je vous prie de m'excuser ! J'ai à faire !

— Non, je vous l'interdis.

— Comment ! Dois-je ajouter séquestration à…

— Et puis merde !

Il me fait taire d'un baiser. Je n'avais jamais connu ça ; il explore ma bouche, me mord les lèvres, plaque ses mains sur mes fesses et me tient serrée contre son torse. Son excitation appuie délicieusement contre mon ventre. Il ne fait pas que m'embrasser, il me fait l'amour avec sa bouche. Un baiser torride et inoubliable ! Je sens l'excitation grandir au sud et ma culotte s'humidifier de plus en plus. Je ne suis plus qu'une poupée de chiffon quand il s'écarte brusquement :

— Bien ! On peut repartir à zéro. Jaxson Smith, enchanté.

— Stones Blake, enchantée, Monsieur Smith.

— Pas de « Monsieur » entre nous ! Tu as un don pour me mettre hors de moi !

— Je préfère être professionnelle, Monsieur Smith, et je n'ai pas oublié ce qui s'est passé ce matin. Ce n'est pas parce que je suis ronde que vous pouvez m'humilier à votre guise. C'est donc la dernière fois que vous vous permettez ce genre de familiarité.

Une étincelle de vulnérabilité passe dans ses yeux, mais trop vite pour que j'en comprenne la signification. Quel connard ! À ce moment, Pete arrive tel le messie pour me délivrer de l'influence de ce personnage néfaste :

— Stones, Jake te cherche partout, tu viens danser avec nous ?

— Je fais un tour aux toilettes et j'arrive !

— Ok, je t'attends, J m'a dit de ne pas revenir sans toi !

À ma sortie, Jaxson et Pete sont en pleine dispute, et l'ambiance est pesante. Pete m'emmène sans ménagement vers la piste de danse, elle aussi dans le pur style d'une salle de concert. Son visage est encore en proie à la colère. Je ne voudrais pas me montrer insensible, je lui demande donc :

— Un problème ?

— Juste mon connard de frère !

— Ton frère ? Ah, tu trouves aussi !

— Pourquoi ? Vous vous connaissez ?

— Pas vraiment, mais ce que je sais me suffit !

— Reste loin de lui, il te détruirait !

— C'est noté !

— Tu le connais depuis longtemps, Jake ?

— Une éternité, c'est comme un frère !

— Tu sais s'il a quelqu'un ?

— Demande-lui !

— Tu n'as aucune pitié pour un homme sous le charme !

— Tu as pourtant l'air plein de ressources, dis-je avec un clin d'œil faussement compatissant.

— Tu es impitoyable, je sens qu'on va bien s'entendre. Mais ce soir, c'est la fête !

Je lui réponds d'un sourire. Pete nous propose d'aller commander des boissons. En dansant, Jake m'interroge sur lui, et je lui dis que je le trouve sympa et canon, apparemment comme tout le monde ici. Il me dit qu'il lui a envoyé des fleurs et qu'il passe tous les jours à son atelier sous des prétextes bidons. Je sais que mon ami souffre de la phobie très fréquente que représente l'engagement, puisque c'est un homme. En tout cas, c'est ce que l'état civil dit ! Mais Pete a l'air déjà tellement mordu. C'est peut-être le début de quelque chose !

Je me déhanche sur le rythme de *Are you gonna be my girl* de Jet. Je me sens bien et j'oublie mes problèmes, mes rondeurs, le stress causé par la tempête turquoise, et même mon premier jour de travail ce prochain lundi. Le reste de la soirée se déroule dans la bonne humeur sur la piste, à danser et rire avec Jake et Pete.

Vers cinq heures du matin, nous décidons de rentrer. Pete est très prévenant et propose que quelqu'un nous raccompagne. C'est plus raisonnable, surtout si on en croit nos éclats de rire qui attestent de notre taux d'alcoolémie. Pour terminer la soirée en beauté, je croise une fois de plus le regard furibond de monsieur Jaxson Smith. Pourquoi est-il si sombre ? *Laisse tomber, Stones, mieux vaut ne pas chercher à comprendre !*

Chapitre 5
« Born to raise hell », Motorhead

Jaxson

Soirée d'inauguration du Wonderwall

Je fume une clope pour me détendre. Elle et un mec habillé genre *fashion victim* sortent de mon hôtel. Je suis furax, mais putain de furax ! Mes poings sont serrés, et j'ai peur de déconner ou de replonger comme à chaque fois que je suis dans un tel état. Il faut que je me détende. Cet hôtel est ma dernière chance ! Comme l'a dit mon frère, je n'en aurai pas d'autres, la famille a supporté ça trop de fois ! On est associés dans ce projet, je ne veux pas encore tout faire foirer. Je ne supporterais pas de décevoir tout le monde une fois de plus ! Investir mon énergie créative dans le *Wonderwall* m'a sauvé.

Ah oui ! Je parlais de « Curvy Stones », comme je la surnomme. J'avais croisé cette créature étrange aux yeux qui vous sondent plus tôt dans la journée. Enfin « croisé », c'est beaucoup dire ; elle m'a percuté, et j'ai failli tomber à la renverse. Malheureusement pour elle, je suis un mur inébranlable, et elle ne risque pas de me faire tomber avec sa force de mouche. Ce matin, j'étais en retard pour le cours de « composition » que je donne à des premières années dans la nouvelle filière musique de l'Université libre de Bruxelles, exigence de père pour me maintenir à flot. Cette tornade m'a coupé la route en courant comme si sa vie en dépendait.

Du coup, en bon connard que je suis, je l'ai humiliée en visant son complexe le plus évident : son poids. Elle m'a troublé, voilà pourquoi je me retrouve à la fixer avec toute l'énergie négative que j'ai accumulée. Et croyez-moi, ça fait un paquet d'énergie négative !

Moi, Jaxson Smith, trente ans, leader – ou ex-leader – des Black Suits, je ne m'affiche pas avec ce genre de nanas. Je sors avec des bombasses, actrices ou défilant sur le catwalk, pas avec une gamine lambda, et ronde qui plus est ! Mon groupe de rock est actuellement en stand-by, le temps de composer et d'écrire notre nouvel album. Je devrais être en train de plancher sur mes compos, mais non ! Je me laisse embrouiller l'esprit par la vision de cette femme hystérique. J'ai bien dit hystérique ! Ce n'est pas la nana de ce matin qui avait du mal à contenir ses larmes que j'ai croisée ce soir. Avec ma veine, il fallait que cette pimbêche soit la nouvelle concierge dont mon frère n'a cessé de me faire l'éloge.

Son profil franco-américain, avec un master tourisme et des expériences à l'étranger, faisait d'elle la candidate idéale, selon Pete. Le poste de concierge étant un poste super important, je n'ai pas pu mettre mon véto pour la virer de mon espace. J'ai donc essayé de mettre les choses au point pour qu'on puisse au moins respirer le même air au travail. Échec cuisant ! Curvy Stones m'a percé à jour : je suis un gros connard qui se moque de ses états d'âme !

Et pour récupérer ma connerie, je n'ai rien trouvé de mieux que d'enfoncer le clou en enfonçant ma langue au fond de sa bouche. Pourquoi ? Je n'en sais rien, une sorte de courant électrique qui m'a surpris comme une claque en pleine gueule. Ce baiser m'a filé une trique de dingue ! Ma bite a décidé toute seule de s'amouracher des formes pulpeuses de Curvy Stones, c'est nouveau ça ! Je délire, merde ! Je n'ai pas baisé depuis 6 mois à cause de ma désintox. Ça m'embrouille le cerveau !

Réveille-toi, Jaxson ! Sors-toi cette créature délirante de la tête ! Je vais le faire de la seule manière que je connais. C'est un mode opératoire qui a le mérite d'être efficace et expéditif : le SBDO. Il faut être méthodique : Séduire, Baiser, Détruire et Oublier. La destruction sera tellement jouissive que j'en salive d'avance. Je l'avoue sans peine, car je suis tellement ravagé et insensible que je n'ai plus aucune conscience ni aucune morale.

J'ai d'ailleurs développé certains fantasmes à son égard. Ces idées n'existent pas encore dans les méandres de ses rêves de vierge effarouchée. Ça viendra, petite ! Pas à pas, j'ai envie de procéder à la Jaxson pour la faire entrer dans mon monde obscur, la pervertir et lui retirer toute son innocence. C'est un bien très précieux que je n'ai jamais possédé, mais que j'adore manipuler. Enfin, je devrais surtout me concentrer sur le travail pour l'instant.

Je viens d'une dynastie hôtelière. Chez les Smith, nous construisons et dirigeons des palaces de père en fils. Je suis donc forcé de suivre la tradition imposée par Jacob Smith, mon père, qui a décrété que « je ne devrais pas mettre toute mon énergie dans une passion aussi futile que la musique et que j'ai un rang à tenir. » Tu parles ! Nous avons quand même quatre albums couronnés de succès à notre actif. Je n'ai pas le choix, car en plus d'être mon paternel, ce bon vieux Jacob est aussi le producteur qui nous finance.

Mais le prochain album sera financé sur les fonds propres des membres du groupe. Cette fois, ce sera sans filet de sécurité, on doit tout déchirer ! Pas le choix ! Sinon, ce sera la fin de Black Suits et je serai connu comme l'ex-leader du groupe ! Ce n'est pas envisageable !

Pour mener à bien ce combat, tel un samouraï, je dois éliminer toutes les pensées parasites qui pourraient m'empêcher d'exceller dans mes deux projets : sortir un album au top et élever le *Wonderwall* au rang de palace incontournable. Selon mon psy – un mec à qui je paie l'équivalent d'une maison aux Bahamas chaque trimestre pour garder les idées claires –, il faut définir chaque jour des objectifs réalisables. Ma première idée est dans le domaine du méga possible.

Mission Curvy Stones – étape 1 : Séduire. Il va falloir la jouer discret, car si mon frère découvre mes plans, je suis mort ! Pete a l'air d'apprécier Miss Hystérique. Et personne ne veut se retrouver dans la ligne de mire d'une famille si machiavélique qu'elle aurait pu inspirer *Game of Thrones*. Tout d'abord, il faut que je me renseigne sur elle, en commençant par l'identité du truc à la mode qui l'accompagnait. Mais avant, je dois regretter mes actes, en apparence bien sûr. Comme je n'ai pas le temps de m'occuper de ces conneries, je passe un coup de fil à mon assistant, Lee, et le tour est joué. Mon plan est en marche ! J'écrase ma énième clope. Un coup d'œil à ma montre m'indique qu'il est temps de retrouver les trois K, Kyle, Kollsveinn et Karl, les autres membres des Black Suits, pour avancer sur l'album.

Chapitre 6
« TNT », AC/DC

Stones

Après la soirée d'hier, j'ai proposé à Jake de passer la nuit à l'appart', comme souvent le samedi soir quand nous sortons. Nous nous sommes endormis en parlant de Pete et de son enfoiré de frère, en mode confidences de fin de soirée. Ce matin, j'ai la tête qui pulse comme *TNT* d'AC/DC. Je regrette les litres de Gin tonic ingurgités à la soirée et les danses enchaînées à un rythme effréné. C'est ça, quand on n'est pas sportive ! Jake dort encore en position fœtale sur le canapé. Mon réveil se transforme en cauchemar quand la sonnette retentit et que je jette un œil à mon reflet. On dirait une sorcière, avec mes cheveux qui partent dans tous les sens et mon maquillage qui dégouline. « Ne jamais oublier de se démaquiller », disait ma mère ! J'enfile un legging et avance vers la porte pour voir qui a eu l'idée géniale de me déranger à dix heures un dimanche matin. Quand j'ouvre, je vois un panier géant devant un livreur, qui me le remet avec autorité en me souhaitant une bonne journée.

Encore stupéfaite, je dépose le panier sur le bar. Je ne savais même pas qu'il y avait des livraisons le dimanche. Le panier a l'air de provenir d'une épicerie fine. Il contient des muffins, des pancakes, des jus de fruits frais, du pain, du café frappé et plein d'autres choses succulentes pour un parfait petit-déj'. Mum et Daddy ont encore dû faire des folies. Je repère une enveloppe noire avec le logo du *Wonderwall*. Mon sang ne fait qu'un tour quand je vois l'identité de l'expéditeur : Monsieur Jaxson Smith. Le message est aussi froid que son auteur : « Veuillez accepter mes excuses, on se voit lundi au travail. » Même son message transpire l'arrogance.

Génial ! Mon boss m'envoie ses excuses par petit déjeuner interposé. Quel enfoiré ! Mon plan d'action est clair : lundi sera mon premier jour et j'éviterai J. Smith autant que possible. Je me sens plus légère une fois cette décision prise. Après tout, on ne va pas gâcher toutes ces bonnes choses ! J'appelle Jake :

— J, *breakfast is ready!*[5]

Il s'étire et écarquille les yeux en disant :

— Tu es bien matinale, tu as eu le temps de préparer tout ça !

— Livraison…

— Tu as l'air furax ! Un petit déjeuner livré, c'est top, poulette ! J'ai trop faim !

— La livraison vient du frère de Pete, qui est aussi son associé.

— Comme c'est charmant !

— Charmant ! Euh non, pas vraiment, quand on sait que le connard d'hier et le frère de Pete sont une seule et même personne !

— Pete va morfler ! Hors de question que je cède à son charme ! Il est très bon acteur !

---

5. « Le petit déjeuner est prêt ! »

— Enfin, J ne mélange pas tout, Pete est un homme bien et n'a rien à voir avec son frère !

— Il va m'entendre en tout cas !

— Ne dis rien ! C'est mon nouveau job, je veux faire bonne impression.

— Je vais essayer, mais je ne te promets rien ! Allons goûter tout ça, je meurs de faim !

Nous avalons un petit déjeuner copieux qui ressemble plus à un brunch. Je me délecte du café frappé, une de mes gourmandises préférées. J'évite de penser à l'expéditeur de ce panier, ça me donnerait la nausée. Ma raison me crie que ce n'est pas comme ça que je vais perdre du poids. Jake me scrute :

— Ça va ma belle ?

— Oui, tout va bien !

— Tu mens, mais je vais faire semblant de te croire !

— Parfait !

— Va vite prendre ta douche ! On va passer à l'atelier pour tes tenues de travail !

— Je n'ai pas besoin de tenues de travail !

Son regard noir me dissuade de poursuivre. Je me rattrape :

— Ok, j'en ai pour cinq minutes.

— Prends ton temps ! J'ai quelques coups de fil à passer.

Je lance le dernier album de Imagine Dragons pour me mettre de bonne humeur. L'eau brûlante détend mes muscles. Je savonne ma poitrine et commence à sentir mes tétons se tendre. L'excitation se répand petit à petit dans mon corps. Des flashs du baiser torride d'hier me dirigent vers le sud. Mes jambes tremblent de désir en imaginant Jaxson prendre mes seins en main avec autorité. La chaleur humide me submerge quand je pince mes tétons. J'imagine ensuite sa voix grave me susurrer qu'il a envie de moi. Mes mains effleurent doucement mon mont de Vénus. Sa voix me guide comme s'il se trouvait à mes côtés. Je titille mon bouton sensible, totalement déconnectée. Le souvenir de ses lèvres douces et exigeantes me transporte dans un orgasme dévastateur. Je me remets doucement de ce séisme et sors de la douche encore sous le choc. C'est officiel, Stones 2.0 est complètement dingue, il va falloir se ressaisir ! Je dois être totalement frustrée ou maso, c'est forcément ça ! C'était quand la dernière fois déjà ? Pffffff, je ne me souviens même plus !

Mon reflet me plait à peu près, grâce à ce petit imprévu qui me donne bonne mine. Un petit coup de peigne, un zeste de make-up et un brossage de dents plus tard, me voilà prête ! J'enfile un jean et un tee-shirt des Stones, puis mon perfecto, en essayant une fois encore d'oublier ces foutus kilos. En avant, les essayages ! Les yeux émeraude de J me scrutent pendant tout le trajet, mais il garde ses commentaires pour lui à cause de mon humeur du jour. Je suis furax contre moi-même, me donner du plaisir en pensant à ce mec cruel en dit long sur ma santé mentale. Il me faut un psy, ou peut-être deux ! Je suis tellement paumée que je n'ai pas remarqué que la voiture est arrêtée ! Jake tape dans ses mains :

— C'est parti pour Stones 2.0 peut-être 3.0. Tu as l'air crevée, dis-moi ?

— Lendemain de fête !

— À d'autres ! C'est à cause d'un mec. Il y a toujours un mec, ou peut-être une fille, qui sait !

— Mais non ! Allons essayer tes fringues !

— Quoi ? Tu parles de mes merveilles ! rétorque-t-il d'un air dramatique.

— Oui, j'ai hâte d'admirer tes merveilles.

— Tu ne paies rien pour attendre.

Nous passons des heures à me créer un style selon sa majesté de la mode. Des perfectos, des jeans, des vestes cloutées, des tops fluides et des boots rock : mon nouveau style serait vraiment canon si j'étais comme dans les magazines. C'est malgré tout la première fois que je me sens bien dans mes fringues ! Cet homme est vraiment un magicien ! Nous passons le reste de la soirée à refaire le monde autour d'une bouteille de Sancerre accompagnée de pâtes dans la cuisine de l'atelier de J : meilleur ami/cuisinier/styliste/bouleversant/cool/canon = homme parfait. Attention à toi Pete !

Chapitre 7
« I love Rock'N'Roll », Joan Jett

Stones

Ma tête de mort clignote comme un sapin de Noël au son de *I love Rock N' Roll* de Joan Jett. C'est en fait une borne iPhone, cadeau de ma coloc préférée pour, je cite, « Ne plus être en retard avec style ». Au radar, je me dirige tant bien que mal vers le Graal : ma machine à café. Malgré mes tentatives de désintoxication, le café du matin est vital. Je suis tellement dans les vapes que j'oublie de mettre la tasse. Ça y est, c'est officiel, je suis réveillée et j'ai du café partout ! Je me prépare un autre café et l'avale en cinq secondes chrono. Pas le temps de petit déjeuner ! Je prendrai une barre de céréales.

La douche finit de me remettre les idées en place pour mon premier jour au *Wonderwall*. Je m'habille avec les vêtements que le pape de la mode a préparés pour moi : un jean gris, un top noir et une veste cloutée aux épaules. Apparemment, c'est un des uniformes prévus pour les concierges. C'est très original ! Je me demande si Pete s'attendait à ça quand il a sollicité J. Un zeste de crème sur le visage, un trait de khôl et un soupçon de mascara feront l'affaire, vu le temps dont je dispose si je ne veux pas être en retard dès le premier jour. *Courage Stones !* Dans le métro qui mène au très chic quartier des Sablons, mon stress grimpe petit à petit. Je ne peux pas me permettre de foirer, avec Jake qui m'a recommandée, et Pete qui compte sur moi. Deux stations avant ma destination finale, je vois un visage familier qui me fait signe :

— Stones ! Quelle agréable surprise !

— Dan, je crois ! Comment vas-tu ?

— Exact ! Un peu fatigué, mais ça va. Tu ne trouves pas qu'on a l'air de jumeaux habillés comme ça ?

— Si on oublie le fait qu'on ne se ressemble pas du tout, oui ! dis-je en rigolant.

— Ton sens de la répartie n'était pas une légende alors ! Je déconne ! Pas trop en stress pour le premier jour ?

— Un peu, mais c'est normal ! Et toi ?

— Pareil ! Mais je sens qu'on va être la *dream team* du Wonderwall, et cet uniforme est vraiment canon sur toi.

— Tu peux parler ! Je suis sûre que tes fans t'attendent à la sortie du métro !

Dan est mort de rire et m'assure qu'il va adorer bosser avec moi. Il ressemble vraiment à une poupée Ken tatouée. Nous arrivons ensemble à l'hôtel avec dix minutes d'avance. Fidèle au poste, Pete s'avance vers nous et dit :

— Stones ! Dan ! Comment ça va, ce matin ?

— Très bien ! répondons-nous en cœur.

— Dan ! Fais-lui visiter une suite pour qu'elle prenne ses marques. Stones on déjeune ensemble tout à l'heure, je dois te parler d'un truc important.

— Ok, réponds-je intriguée.

— C'est comme si c'était fait, dit Dan

Dan n'est pas mal dans son genre, avec son accent *so british*. Il est tatoué jusque dans le cou, a des yeux couleur chocolat qui contrastent avec ses cheveux blond doré. Ses cheveux en pétard lui vont étonnamment bien. Ses muscles sont affûtés comme s'il passait des heures en salle de sport. Je me sens vraiment comme une erreur de casting. Il me lance un regard hésitant et ne tenant plus, je lui dis :

— Parle Dan !

— Tu connais un des boss ?

— Non, pas vraiment ! Il m'a juste dit qu'ici on se tutoyait, mens-je en rougissant.

— Ne t'inquiète pas ! Lancer des rumeurs ne m'intéresse pas, je te trouve cool, et ça me suffit !

— Merci beaucoup. Alors cette visite ?

— Ok, confidence pour confidence, j'ai eu le poste parce que je connais Jaxson, l'autre boss ! On était ensemble au lycée, s'amuse-t-il.

— Cartes sur table alors ! Mon meilleur ami connaît Pete et j'ai eu le poste grâce à lui, peut-être grâce à ses charmes, et un tout petit peu grâce à mon CV, j'espère.

— Une belle bande de pistonnés ! Parfait, si les autres s'en rendent compte, on se serrera les coudes ! dit-il en levant la main vers moi.

— Marché conclu, partenaire ! dis-je en tapant dedans.

— Passons à la visite !

— Je te suis.

— Ok ! Ici, c'est le bar que tu as déjà vu, le petit truc en plus est une scène qui sort du sol pour les concerts, et ça, c'est top ! dit-il avec un enthousiasme évident.

— Le top effectivement !

— Tu connais le hall, je vais te montrer la suite Rolling Stones, Stones !

— Et tu es satisfait de ta blague ?

— À fond, je suis le prince de la blague ! Plus sérieusement, la carte à l'entrée de chaque suite a été dessinée par Jaxson, sacré talent !

— C'est clair ! dis-je avec surprise.

Je suis stupéfaite ! Ce serait la tempête turquoise qui a réalisé ces petits bijoux. Les logos des groupes de rock sont modifiés avec une touche de noir et d'argenté, ce qui rend l'ensemble super original. Dan m'explique qu'il y a cent dix chambres au total avec différents niveaux de confort et trente suites VIP, dont j'ai la charge. Il me montre donc la suite Rolling Stones, une des plus grandes de l'hôtel, avec des murs noirs et du béton ciré au sol. Une enceinte Marshall est posée sur une table vintage dans le fond de la pièce. Un lit *king size* avec des tonnes de coussins et des draps immaculés en met plein la vue, avec une immense guitare faisant office de tête de lit. Je passerais bien ma semaine ici. J'aperçois un détail qui me fait rougir : un miroir au plafond ! Dan rit sous cape et m'emmène vers la salle de bain entièrement noire. J'aperçois un immense jacuzzi et une douche italienne dotée d'un système de luminothérapie. Des produits d'accueil d'une marque de luxe trônent entre les deux vasques transparentes, devant l'énorme miroir baroque qui tranche avec le modernisme ambiant. Le plus impressionnant reste à venir. Mon collègue m'explique qu'en appuyant sur tel ou tel bouton, on peut faire apparaître la machine à café, le bar ou encore la télé. C'est dingue ; celui qui a conçu cette chambre est un génie ! Dan sort de la chambre et me dit :

— Maintenant, au travail ma belle ! Ha, j'oubliais ! Pete a dit que toutes les suites t'étaient assignées. Tu as une expérience en hôtel de luxe, du coup tu as l'habitude des clients exigeants – ou chiants, si tu préfères. Moi, je m'occupe des chambres classiques. Ça te va ?

— Ok, pas de problème ! dis-je avec inquiétude.

Présenté comme ça, je suis rassurée. Pourquoi je voulais ce travail, déjà ?

Chapitre 8
« Dreams », Cranberries

Stones

Nous arrivons à notre bureau. Dan me tend un iPhone doré avec le logo de l'hôtel en me disant que je devrai toujours l'avoir sur moi, même quand je suis à mon domicile. Il m'explique que généralement, la nuit, les clients appellent la réception, mais que les boss préfèrent que les clients VIP aient un interlocuteur unique pour les demandes spécifiques. Il m'assure que ces heures de disponibilité supplémentaires seront ajoutées à mon salaire. Nous passons la matinée à constituer un fichier de restaurants, de boutiques de luxe et de divers prestataires, pour être à même de répondre à toutes les demandes possibles et imaginables. Je suis tellement concentrée que je n'entends pas Pete arriver.

— Comment va ma *dream team* ?

— Très bien ! répondons-nous.

— Dan ! Je t'emprunte Stones pour le déjeuner.

— Je vous en prie. À tout à l'heure, ma belle !

— À tout à l'heure, partenaire !

Pete m'entraîne vers le restaurant de l'hôtel. Il s'inscrit dans le même style que le reste de l'hôtel, avec des CDs qui descendent du plafond et des tables équipées de LED qui forment des sortes de cocons entourés de bulles. Il m'explique qu'il y a aussi un coin burger, sandwich, snacks et café *by Starbucks* pour les petites faims, ce qui ne va pas aider pour le régime que je n'ai pas encore commencé. Je vois une table dressée avec classe pour trois personnes. J'interroge mon boss du regard. Il baisse la tête et dit :

— Tu vas me détester, S ! Je suis désolé, je n'avais pas le choix !

Je suis encore en train de réfléchir au sens de sa phrase quand je vois Monsieur Tempête Turquoise avancer, avec pour seule compagnie son sourire arrogant. Il est trop tard pour prétexter une crise d'allergie ! À quoi ? À cet enfoiré, bien sûr ! Je lui fais le sourire le plus hypocrite que j'ai en stock. Il nous fait un signe de la main et lance :

— Stones, Pete, tout va bien ? Allons déjeuner !

Jaxson me présente la chaise, et je m'installe au plus vite en manquant de trébucher, déstabilisée par ce geste. Cela le fait sourire encore plus, quel enfoiré ! Il est encore beaucoup trop sexy pour ma santé mentale, sans parler du fait que je ne peux m'empêcher d'observer le tatouage qui commence sur la nuque pour s'arrêter… Stop ! Quelqu'un aurait un drap que je me cache dessous ? Un serveur vient prendre notre commande. Je prends une salade, ce n'est pas mon genre, mais l'autre enfoiré m'a coupé l'appétit. Les boss prennent des burgers. Moi qui me réjouissais de déjeuner avec Pete ! Jaxson se commande un Sancerre – mon vin préféré – et pour nous, un Bordeaux. Génial, j'ai les mêmes goûts que Lucifer ! Génial, j'ai trouvé son surnom, ça lui va comme un gant ! Décidée à en finir au plus vite, je les regarde et dis :

— Donc, tu voulais me parler d'un truc important, Pete…

— Oui ! Nous voulons te parler d'un truc important ! dit Jaxson exaspéré.

— Ah oui ! J'ai regardé ton CV, sans parler de ton profil ! Tu es bien trop qualifiée pour le poste de concierge, assure Pete.

— Et… donc ? Et ils vont me virer parce que je suis trop qualifiée, c'est bien ma veine !

— Et donc, nous voudrions te donner d'autres attributions, et le salaire qui va avec, bien sûr ! Je sais que ce sera beaucoup de travail, mais nous pensons que tu es de taille ! déclare Pete.

— De quel poste parlons-nous exactement ?

— Responsable événementiel et VIP du *Wonderwall*, en étroite collaboration avec moi-même, dit Jaxson avec son sourire machiavélique.

— Je dois y réfléchir ! En quoi cela consisterait, Monsieur Smith ? dis-je avec emphase.

— Stones, pas de Monsieur Smith pour toi ! Combien de fois faudra-t-il te le rappeler ? Tu seras chargée de programmer les concerts et de les organiser de A à Z en tandem avec moi, ainsi que de gérer les événements pros et persos, en plus des guests VIP dont tu as la charge. D a dû t'expliquer ? dit-il avec un regard sournois.

— Oui, bien sûr. Quelle est la deadline pour ma réponse ? réponds-je, déjà excitée par ce nouveau challenge, bien que Lucifer soit inclus dans le package…

— Le concert d'inauguration est samedi, donc il nous faudrait une réponse ce soir au plus tard, pour commencer l'*event planning* dès demain avec Jaxson et moi ! dit Pete. Il faudra peut-être déménager dans une de nos chambres pour cette semaine, au moins, car on est short ! On ne sera pas trop de trois à travailler tard pour tout boucler à temps !

— Euh… Déménager ici ? Pardon ! Vous aurez ma réponse ce soir, merci pour la proposition.

— Tu es exceptionnelle et tu t'y connais en musique selon Pete, n'est-ce pas, petit frère ? Et puis, j'ai été également impressionné par ta personne, j'ai hâte de te voir en pleine action ! dit Jaxson avec un regard sombre.

Je manque de m'étrangler à la suite de ces paroles, dont le double sens semble échapper à Pete. Ce dernier me tape dans le dos avec un sourire bienveillant, et nous commençons à discuter de ses deux années en Australie en tant que dirigeant d'un autre hôtel de luxe. À vingt-sept ans ! Impressionnant ! Lucifer ne cesse de me fixer de son regard gênant, tout en dégustant son burger. Monsieur n'apprécie pas son burger ? Eh bien ! Grand mal lui fasse !

Pete est appelé à la réception pour la mise en place du logiciel de réservation. Il nous dit qu'il revient dans une dizaine de minutes. Les dix plus longues minutes de ma vie ! Je déguste ma délicieuse salade au saumon en silence. C'est la première fois que je me régale avec une salade. Le chef est vraiment un artiste ! Jaxson me sourit toujours avec arrogance :

— Tu aimes ton plat ?

— Oui, c'est exquis, Monsieur !

Il pose ses couverts bruyamment et me toise d'un air furieux. Oups ! Qu'est-ce que j'ai encore fait pour déclencher les foudres de Lucifer ?

— C'est la dernière fois que je tolère ton insubordination ! J'ai un prénom, et je m'attends à ce que tu t'en serves, Stones !

L'autorité dont il fait preuve réveille instantanément mon excitation. *Stones est folle ! L'équipe médicale va débarquer avec une camisole ! Au fait, elle existe en cloutée ?* Sous son emprise, je murmure :

— Oui, Jaxson, c'est délicieux !

— Tu vois, quand tu veux tu peux être délicieuse, toi aussi ! Alors, tu as reçu mon cadeau d'hier ?

— Oui, merci beaucoup pour le petit déjeuner !

— C'est tout ? dit-il en me détaillant.

— Merci beaucoup, Jaxson ! C'est bon, c'est un petit déjeuner, pas des diamants non plus !

— Ok ! On est partis du mauvais pied, je pense vraiment qu'on pourrait faire du bon travail pour les *events*, mais pour cela, il faudrait qu'on fasse notre possible pour être au moins sympa l'un envers l'autre ! On est cool ? dit-il en m'effleurant la main.

— Cool ! réponds-je en retirant ma main au plus vite, troublée par ce geste.

Houston, on a un problème ! Stones est définitivement portée disparue ! Envoyez des renforts !

Chapitre 9
« Wind of change », Scorpions

Jax

Ce matin

Ce matin, j'arrive sur mon territoire pour un rendez-vous de direction avec mon associé/frère. Le sentiment d'être propriétaire de ce concept innovant est top. Je salive d'avance à l'idée de revoir Stones la furie. Mon plan est béton, et la victoire ne sera que plus belle. Je dois bien admettre que l'effet qu'elle me fait est wow. D'habitude, les filles avec des formes ne me font aucun effet, c'est même l'inverse. Les siennes sont étonnamment harmonieuses et appellent à la luxure. Pendant tout le week-end, mes pensées étaient parasitées par son visage lorsque je l'embrassais. Je suis sûr que j'aurais pu la prendre à même le sol pour la faire taire. Nul besoin de dire que la branlette fut agréable ! Je dois rester concentré sur mes objectifs ! Elle ne connaît pas encore mon monde, ni à quel point mon obscurité peut être tentante !

Je prends l'ascenseur dans lequel j'ai fait diffuser une radio rock : un partenariat *win-win* comme je les aime. Nous nous sommes décidés pour un open space. Pete voulait plutôt me surveiller et éviter que je ne parte en vrille ! Je ne suis pas dupe, bro ! Comme d'habitude, il est en avance :

— Hello, Jaxson.

— Salut, bro ! De quoi veux-tu qu'on parle ?

— De notre *live music corner.*

— Parfait ! Pour le concert d'ouverture du *corner* de samedi, j'ai pensé qu'on pourrait commencer par mon groupe ?

— Les grands esprits se rencontrent ! Ça va ramener du beau monde, et on pourrait mettre des billets en vente pour la soirée dès mercredi, genre il n'y en aura pas pour tout le monde, et des packages hôtel + concert + brunch !

— Je pensais aussi créer des objets et des tee-shirts exclusifs « Black Suits at Wonderwall », en édition limitée. On pourrait faire ça à chaque concert !

— *Perfect!* Cela m'amène au second point à l'ordre du jour ! Tu t'y connais en musique et tu as l'esprit créatif, mais au niveau organisation, il te faut quelqu'un pour t'aider pour le *corner.* Les délais sont serrés.

— Ok, je ne dis pas non ! Tu as quelqu'un en tête ?

— Oui et nous l'avons en interne ! Stones s'y connaît en musique, en organisation, et elle a de l'expérience avec les VIP, sans parler de sa créativité. En plus, pour la déco et les tee-shirts, on collaborera avec Jake le styliste, c'est son meilleur pote ! C'est la meilleure solution, je te propose d'ailleurs qu'on dorme tous à l'hôtel jusqu'à samedi, car il y a des tonnes de choses à faire !

— Parfait, je n'aurais pas fait mieux ! dis-je avec satisfaction. Au fait, c'était ton styliste la *fashion victim* qui accompagnait Stones, l'autre soir ?

Il pose son dossier avec colère sur le bureau. Qu'est que j'ai encore dit ? C'est vrai, quoi ! On aurait dit qu'il avait passé plus de temps dans la salle de bain qu'une nana ! Je sens qu'il y a anguille sous roche ! Je lui lance un regard désolé et il reprend avec colère :

— Tu ne pourrais pas respecter les gens, de temps à autre ! Oui, c'était lui ! Et laisse Stones tranquille, elle est beaucoup trop bien pour toi ! N'y pense même pas !

Je n'écoute même plus ce qu'il dit, tout ce que je comprends, c'est qu'elle sera à moi, qu'elle le veuille ou non. Il n'est pas question d'amour, de romance et surtout pas de conte de fées, mais de possession. Je suis incapable d'éprouver des sentiments, je l'ai toujours été. Le seul accroc dans mon plan pourrait être Pete. Pour des raisons que j'ignore, il l'a prise sous son aile et m'a déjà mis en garde. Je suis déboussolé et la satisfaction de savoir qu'il n'y a personne d'autre sur mon chemin est jouissive. *Jaxson ! Du calme, tu pars en live, mon vieux !* Je me reconnecte à la conversation quand Pete se lève :

— Ok ! Je déjeune avec elle ce midi, je lui en parlerai ! Je dois aller voir les réceptionnistes, tu peux passer au marketing pour voir pour la pub du concert ?

— Ok, mais je déjeune avec vous, et c'est non négociable !

— Si tu y tiens vraiment ! dit-il avec désapprobation.

— Oui, j'y tiens vraiment ! dis-je avec mon sourire le plus commercial.

Merde ! Il faut que je me calme, ou il va voir clair dans mon jeu, et nul besoin de dire que ce n'est pas moi qu'il croira. Je ne peux pas lui donner tort, au regard de mes frasques passées. Sur ce coup-là, il aurait raison, mes intentions sont tout sauf honorables !

Le déjeuner se passe comme prévu avec ma furie – ça sonne encore mieux que Curvy Stones, je trouve ! Je suis plus en forme que jamais. Je ne pensais pas qu'elle serait si inflexible. Elle campait sur ses positions et ne voulait rien lâcher. Quand je pensais que je faisais fausse route, j'ai eu le signe que j'attendais depuis le début. Quand j'ai pété les plombs, Stones n'était pas apeurée, loin de là. Ses yeux se sont voilés d'excitation pendant un bref instant. La furie est de taille à composer avec moi ! Elle ne fuira pas. Stones préférera me boxer plutôt que de s'échapper. Le plan est plus que jamais d'actualité ! D'après Pete, elle s'y connaît en rock, mais elle ne m'a pas reconnu. Peut-être que la star du rock lui plaira davantage que le boss. Quoi ? On peut toujours rêver ! Et oui, je sais, la modestie, ce n'est pas mon truc !

Maintenant que j'ai fini la partie « boss » de ma journée, je dois retrouver le reste du groupe. Nous allons répéter et décider des titres à jouer samedi. C'est important pour commencer à préparer le concert d'ouverture de demain. Je dois aussi bosser avec Kollsveinn, mon hippie/viking préféré. Enfin, s'il est déjà levé et qu'il n'est pas en pleine méditation de je-ne-sais-pas-trop-quoi. Ce mec est mon meilleur pote, mais parfois c'est une énigme. Peut-être que je devrais lui demander des conseils, car j'ai un mal fou à garder mon calme dans certaines circonstances. Ok, en toutes circonstances ! Je vais lui parler de mon projet de chanson *She's my drug*. Je refuse de penser que je l'ai écrite hier pour Stones. Pas du tout ! Des tonnes de filles sont passées dans mon lit. C'est un vrai hall de gare !

Je rentre dans le studio que j'ai dessiné lors de la construction de l'hôtel. Ce petit bijou est équipé de tout ce qui se fait de mieux. Il a été financé par les membres du groupe. Nous le louons aussi à l'heure à d'autres artistes pour amortir les frais. Je sors mon carnet de compos et me heurte aux odeurs d'encens qui empestent l'atmosphère. Enfin, merde ! L'odeur va s'infiltrer dans les murs et il sera impossible de s'en débarrasser. J'aperçois Koll en plein délire, submergé par la fumée. Je fonce dans la cabine et crie :

— Putain Koll ! Vire-moi tes conneries, on a du taf !

— Yeah man ! J'arrive ! Ne crie pas comme ça, tu bouches l'énergie de mes chakras !

— Rien à battre de tes chakas ! C'est un studio et ça pue l'encens !

— Mes chakras, mec ! dit-il en parlant comme s'il venait d'émerger.

— On s'en fout ! Range tes trucs et viens bosser, pour une fois !

Chapitre 10
« Feeling good », Muse

Stones

Une fois ce déjeuner étrange achevé, je passe aux toilettes pour essayer de me remettre les idées en place. Je me regarde dans le miroir et me coache mentalement. *Tu peux retourner à ton poste et faire ton travail convenablement.* J'inspire et expire lentement et me passe un peu d'eau sur le visage. Je vais aussi devoir réfléchir à la proposition de Pete. Si je dis oui, je vais devoir me coltiner Lucifer toute la semaine et dormir ici. Dormir ici sera très agréable, après tout, j'adore cet hôtel, et je pourrai même me faire des soirées sympas avec Jake. Je bosserai aussi avec J, car il m'a parlé d'objets dérivés et de créations artistiques pour les concerts. De plus, ce job m'intéresse beaucoup, et cet argent me permettra peut-être d'aller voir mes parents et Inès à Miami. *Arrête tes conneries!* me dit la voix dans ma tête. *Accepte!* crie-t-elle. Il va falloir que je trouve une technique pour masquer mon état d'excitation en sa présence. Je dois aussi voir un psy, j'entends des voix et je pars en live depuis quelques jours ! On dit que les hommes se laissent guider par ce qu'il y a dans leur pantalon ; et maintenant, je me laisse guider par ce qu'il y a dans ma culotte ! Allez, courage ! Je me dirige vers le bureau et vois Dan tout sourire au téléphone. Il raccroche :

— C'était bien, ton déj' avec le boss ?

— Plutôt surprenant ! On m'a proposé le poste de responsable événementiel et VIP !

— Et tu as accepté, je suppose ! C'est une opportunité en or !

Je vois un voile de déception dans son joli regard chocolat. Mais pourquoi ? Il doit penser que la pistonnée de service a encore obtenu un bonus qu'elle ne mérite pas. Ces temps-ci, tout me tombe tout cuit dans le bec ; je suis une nouvelle Stones qui ose s'imposer ! Enfin, s'imposer, c'est beaucoup dire. Je ne vais pas laisser les progrès de ces derniers jours être anéantis par Dan :

— Je vois bien que tu es en colère. Que se passe-t-il ?

— Rien, je suis content pour toi ! dit-il exaspéré.

— Alors, dans ce cas, pourquoi ce ton sarcastique ?

— Je suis un peu déçu… c'est tout, dit-il en jetant un dossier sur le comptoir.

— Déçu de ne pas avoir le poste ? dis-je, pas le moins du monde étonnée par sa réaction.

— Mais non ! Je ne voulais pas de ce poste ! Je suis déçu de ne pas passer plus de temps avec toi !

Je mets un moment pour comprendre ce qu'il entend par là, il parle sûrement de notre amitié naissante. C'est trop d'émotions pour moi en une journée ! On dirait que je vivais ma vie sur pause jusqu'à maintenant. Je me suis réveillée, et comme je suis dingue, je dirais que c'est grâce à Lucifer. Ce surnom lui va vraiment comme un gant ! Il me pousse dans mes retranchements et me fait avancer à pas de géants. Quand il me regarde, je ne me sens plus insignifiante. Je divague une fois de plus à cause de cet enfoiré ! Revenons à ce qui nous occupe :

— Mais, ce n'est pas parce que je vais avoir plus de travail qu'on ne peut pas se voir !

— J'aime mieux ça ! Alors un verre ce soir, ça te dit ?

— Je vois mon meilleur ami ce soir, mais tu peux te joindre à nous, si tu veux ?

— Ok, c'est cool ! dit-il avec une pointe de déception.

— Il passe me prendre après le travail, tu n'as qu'à venir avec nous. On fête mon premier jour de taf !

— D'accord, on fêtera notre premier jour ensemble, alors !

— Oui ! *Perfect!* Maintenant au travail !

Comme les premiers clients arrivent demain, nous continuons à peaufiner le fichier des prestataires. Nous appelons pour négocier des offres privilégiées pour nos clients. La plupart des boutiques de luxe ont déjà entendu parler du *Wonderwall* et aimeraient être au courant des événements à venir. C'est bon pour nous ! Je propose de les inscrire dans notre fichier pour qu'ils reçoivent notre newsletter.

J'aime tellement ce job que je n'ai pas vu le temps passer. Il est déjà dix-neuf heures, et Jake ne devrait pas tarder. Je regarde Dan, et on se félicite mutuellement pour notre premier jour. Il me fait un *hug*[6] qui me déstabilise un peu, après cette journée forte en émotions. À ce moment, j'entends quelqu'un se racler la gorge. Je me

---

6. « Un câlin ».

retourne brusquement et tombe sur Lucifer en personne, complètement furax, comme d'hab. Il est avec un viking géant qui porte des lunettes de soleil, un jean délavé et un « rock shirt ». Le géant a l'air complètement à l'ouest. On dirait qu'il a garé son drakkar en double file et qu'il se demande s'il risque de gêner ! Le silence devient vraiment bizarre ! Il faut que je me ressaisisse :

— Monsieur Smith… que puis-je faire pour vous ?

— Déjà, commencer par me tutoyer et m'appeler Jax, comme tout le monde. Je déteste me répéter !

— Ok, Jax !

Et merde ! Je reste là, à le mater comme une midinette, cible de ses prunelles qui ne se gênent pas pour me détailler. Eh oui ! Il doit faire la liste des parties de mon corps à retoucher. Monsieur doit être un habitué des Miss Bistouris. *Allez Stones ! On se ressaisit et on reste pro !*

— Je venais pour la réponse à notre offre, il faut que je sache à quelle sauce tu vas être mangée demain, dit-il avec un clin d'œil.

J'ai chaud, très chaud ! Pourquoi faut-il toujours qu'il me torture ! Quelque chose me dit qu'il ne parle pas de travail et qu'il est conscient de mon trouble ! Masque reine de glace activé !

— C'est d'accord ! Merci de me faire confiance !

— C'est la meilleure nouvelle de la journée ! On va faire une super équipe, Stones ! Mais d'abord il faut fêter ça, tu passes la soirée avec nous ? déclare-t-il en mode loup qui va bouffer le petit chaperon rouge.

Lucifer enjoué, c'est vraiment louche, encore pire que Lucifer furax ! Il est trop sexy avec ce jean qui lui moule les fesses et sa carrure athlétique. Je m'égare encore ! Au fait, je ne suis pas libre ce soir, moi ! Je lui annonce en souriant de toutes mes dents. Je ne vais quand même pas passer la soirée avec ce connard ! Je vais faire une overdose ! Déjà que je vais me le coltiner tous les jours. Comme si la journée n'était pas assez foireuse ! Lucifer me coupe l'herbe sous le pied et propose d'emmener tout le monde en enfer ! Dan n'a pas l'air ravi, mais il acquiesce. Le type d'à côté, encore dans son monde, nous honore d'un : « Euh... oui mec, tu sais bien que je suis toujours ok pour faire la fête ». J'ai cru qu'il allait tomber dans les pommes avant la fin de sa phrase. Jake arrive et semble ravi de la tournure de la soirée. Pete s'incruste dès qu'il remarque Jake.

Je vais devoir passer la soirée avec ce putain de Lucifer !

Chapitre 11
« Mr Brightside », The Killers

Jax

Putain ! Mais pourquoi ai-je lancé cette invitation ! Je ne dois pas me retrouver dans ce genre de situation après ma désintox, surtout si j'en crois le regard désapprobateur de mon frère. Mes neurones grillent les uns après les autres quand je suis en présence de Stones. Quand j'ai entendu que ma furie allait prendre un verre avec D, il fallait que je trouve quelque chose, donc je ne lui ai pas laissé le choix. Après tout, c'est mon jouet, pas le sien ! Je connais assez D pour savoir qu'il n'a pas apprécié de me trouver sur son chemin !

Je connais Dan depuis le lycée, où il m'a tiré du pétrin plusieurs fois. Je sais aussi qu'il a un goût prononcé pour les créatures pulpeuses, que je ne partage pas d'habitude. C'est pour ça qu'il était surpris. Eh oui, mec, tout a changé depuis Stones ! Il ne faut pas se fier à son apparence de type cool. Nous sommes faits du même bois et évoluons dans le même monde. Je sais qu'il m'a demandé ce job juste pour faire chier son paternel. Dan est le fils d'un nabab de la haute technologie. Cette espèce de rebelle/gosse de riche veut montrer à son père que s'il reprend l'entreprise familiale, c'est sous ses conditions. Du chantage en bonne et due forme ! Mais pourquoi j'ai accepté, moi ? Autant j'admire son émancipation, autant il est hors de question qu'il chasse sur mon territoire ! Le combat promet d'être intéressant, et il n'y aura qu'un seul gagnant : moi !

Allons-y ! Objectif : Séduire Stones ! Ma marge de manœuvre sera très étroite, car Pete sera dans les parages. Il surveillera tous mes faits et gestes, surtout si je m'approche de sa protégée. Après, bro a l'air sous le charme de Jake, le meilleur ami. Cela me laissera sans doute quelques ouvertures pour une tentative d'approche. Hors de question de jouer au prince charmant ! La furie va se faire prendre dans mes filets ! Être méthodique et froid : Séduire, Baiser, Détruire et Oublier ! Je ne peux pas me permettre de penser à des futilités, avec l'album en préparation. Je dois être concentré et ne pas développer de sentiments inutiles. *C'est ça, connard, tu crois encore que c'est possible !* me dit ma raison. Fait chier, je suis déjà à cran !

Nous sommes à quatre dans ma Mustang décapotable : ma furie, Dan, Koll et moi. J'ai prétexté la galanterie pour avoir Stones à mes côtés. Dan et Koll étaient morts de rire, car ils savent que je ne suis galant que quand ça peut m'apporter quelque chose. Enfin, pour Dan, c'était plutôt un rire jaune. Et ouais, mon pote ! Hors de question que tu profites de ma furie pendant le trajet ! Nous nous dirigeons donc à fond de balle vers mon bar préféré, *la Machine.* Je surprends les regards gourmands de Stones sur ma nuque et mes cuisses. Patience, chérie ! Si tu es sage, tu pourras tester la marchandise. D'habitude, les femmes sont toutes extatiques de monter dans ma Mustang. Stones, elle, s'en tape ! Quand je dis qu'elle est différente, en plus d'être casse-pieds ! Pete a sauté sur l'occasion pour proposer d'emmener Jake dans sa Jaguar e-pace, et il n'était pas mécontent de l'avoir pour lui seul. Il ne s'est donc pas opposé à ma décision d'emmener les autres. *Win-win*, mon vieux ! Cependant, Stones voulait garder son Jake. Le petit chaperon rouge a peur du grand méchant loup. Intéressant ! Tu ne dormiras plus jamais en paix, ma furie !

Quand nous arrivons, Koll s'est encore endormi dans ma caisse. Quel emmerdeur ! Il devrait y aller mollo sur les champignons ! Nous ne sommes pas de trop à trois pour essayer de le réveiller. Finalement, je sors mon arme secrète, sous la forme d'un morceau de Slayer. Monsieur le pseudo viking émerge doucement en grognant : « Quoi ? Il faut jouer ? Il se passe quoi les mecs ? » Complètement perché ! Je me demande comment il arrive à nous pondre de si bons morceaux. Exaspéré, je le toise. Il ne faut pas me chercher aujourd'hui ! Les autres sont morts de rire et D en profite pour esquisser une tentative de rapprochement. Le regard noir que je lui lance ne le dissuade même pas. Je règlerai ça plus tard. Koll sort enfin de la voiture, nous allons pouvoir retrouver Kyle et Karl. Eh oui ! J'ai décidé de jouer la carte zikos pour impressionner Stones.

Jake et Pete nous rejoignent, et nous faisons notre entrée. Le boss nous accueille, je vois que cela intrigue Stones. Elle ignore toujours qui je suis, et ça, c'est très bon pour moi. Je vais prendre mon pied sur scène en la voyant succomber. Sa surprise se poursuit quand nous sommes accompagnés à notre table et que la serveuse apporte le champagne. Évidemment, comme le patron ne me lâchait pas la jambe, Dan a pris place auprès de ma furie et lui fait son sourire de prédateur. Ne me dites pas qu'il a déjà remporté la partie ! Stones est suspendue à ses lèvres, ça me fait grave chier ! Kyle, le bassiste marginal tatoué et percé de partout, et Karl, le geek américain aux Converses, débarquent et saluent tout le monde. Et c'est là que Kyle prend ma furie dans ses bras pour lui dire bonjour. Tout ça parce qu'il a reconnu son accent américain, à d'autres ! Elle est aussi surprise que moi. Je l'ai rarement vu aussi chaleureux ! Ah, ces Américains, toujours en train de câliner tout le monde comme si on habitait dans le monde des bisounours ! Putain, je commence à avoir besoin de ma dose !

La chanson qui passe, *Friends and Enemies* de Biffy Clyro, convient parfaitement à mon état d'esprit quand je vois D et Kyle s'amuser avec ma furie. Un coup d'œil à ma montre m'apprend que c'est l'heure de notre show. Et là, d'un geste théâtral, je déclare :

— *It's time to perform.*

Le groupe se lève et nous prenons place sur scène. Je commence avec ma guitare les premières notes de *Just me and myself* et nous enlevons nos Ray Ban. C'est le rituel des Black Suits. Et là, je chante en regardant ma furie. Je vois la surprise puis l'approbation dans ses yeux. Les applaudissements retentissent à la fin de notre live surprise. L'enthousiasme et la joie me submergent comme jamais. Ce que j'ai aperçu m'a galvanisé plus qu'une dose de coke. Stones a fredonné toutes nos chansons. Elle les connaît par cœur. Et j'ai aussi ressenti de la vulnérabilité chez elle, comme si on était fait pareil. Stop, on a dit pas de mièvreries ! Ce retournement de situation me chamboule complètement ! Ma furie n'est pas juste une furie. C'est aussi quelqu'un qui a souffert. Je le ressens dans mes tripes. Et non, je n'ai pas de scrupules ! Cela me donne une arme, et je compte bien m'en servir !

Quand nous retournons à notre table, Stones est complètement déstabilisée, comme une groupie devant son groupe préféré. Jake, Kyle et Pete sont morts de rire, ils pensaient tous qu'elle était au courant de mes deux casquettes. Elle félicite Kyle pour sa performance, et il lui propose un verre la semaine qui vient. Il est temps d'intervenir. Assez joué ! Je me rapproche d'elle et je dis :

— Kyle, tu vas chercher une bouteille de Mombasa Club avec tout ce qu'il faut pour faire des shots.

— Euh… je discutais avec S ! Tu as des jambes, mon pote !

— Mec ! Vire tes fesses, on doit parler affaires.

— Ok… ok, j'y vais !

Enfin seuls ! Je la détaille : une nuque délicate, une poitrine que j'ai envie de lécher, des poignets que j'aimerais attacher, des cuisses délicieuses… Comment ai-je pu oublier mes préférences pour les femmes petites, fines et fragiles ! Ces femmes sont sous mon emprise naturellement, sans faire le moindre effort. Peut-être que c'est la chasse qui me fait bander !

Chapitre 12
« Perfect », Pink

Stones

Ça fait cinq minutes que Lucifer me regarde et que je ne sais pas quoi dire. *Dis quelque chose !* Je ne sais pas si c'est une bonne excuse, mais ce mec est le leader d'un de mes groupes de rock préférés. Du coup, je perds la tête. Et avec D qui me fixe, je ne sais pas comment me comporter, surtout entourée de célébrités. Pour ne rien arranger, il me dévisage :

— Alors, tu connais nos chansons par cœur ? dit-il avec son air satisfait.

— Oui, j'adore !

— Je pensais que tu savais qui j'étais !

Son nom me disait quelque chose, mais je n'avais pas percuté !

— Évidemment, nul ne peut ignorer Dieu ! dis-je pour cacher mon trouble.

— Tu recommences à être insubordonnée, je vais te punir...

Cette menace est bizarrement alléchante, et j'ai terriblement envie qu'il la mette à exécution. Mais qu'est-ce que je raconte ! Je suis totalement sous son emprise et je n'ai plus la force de résister. Il faut agir ! Je m'excuse en prétextant devoir aller aux toilettes. Un jour, ils vont penser que j'ai un problème de transit. J'ai comme une impression de déjà-vu quand je sens une présence. Une main m'empêche d'avancer. Quelle originalité ! Sa bouche s'approche de mon oreille et j'entends son souffle. Une décharge électrique me traverse tout le corps. Ma culotte doit être bonne à jeter. Il me susurre :

— Maintenant, je vais te faire jouir, et tu ne vas pas faire de bruit.

Il me pousse dans les toilettes des hommes et prend mes seins à travers mon top. Je sens, à travers son jean, son excitation contre mes fesses. Il les malaxe en grognant. Jax me pince ensuite le téton tellement fort, que je ne peux m'empêcher de gémir. Brusquement, il baisse mon pantalon et ma culotte d'un seul mouvement. Une fessée me surprend et envoie des ondes à mon bouton sensible.

— Puisque tu ne sais pas respecter une règle simple, je vais te faire jouir et je m'en irai, dit-il avec colère.

Il prend mon bouton entre deux doigts, le frotte et le pince sans ménagement. Et là, j'explose en mille morceaux. Un orgasme Formule 1 ! Monsieur me caresse les cheveux et me dépose un chapelet de baisers sur la nuque. D'un air satisfait, il déclare :

— Maintenant tu es à moi, tâche de ne pas l'oublier !

Je suis tellement sous le choc que je ne réponds rien. Je vais me rafraîchir en me regardant dans le miroir pour me redonner un semblant de contenance. Je ne peux décemment pas sortir de là avec une tête qui dit « Je viens d'avoir un orgasme ». J'entends une main s'acharner sur la poignée, et des voix qui se disputent. Je m'enferme dans les toilettes et reconnais les voix de Jaxson et Dan. Je monte sur les toilettes pour me cacher. Quelle gamine ! Je suis une espionne stagiaire debout sur les toilettes ! Je me concentre sur la dispute :

— Qu'est-ce que tu lui as fait ? dit Dan, la voix pleine de colère.

— Ce ne sont pas tes affaires !

— Je ne te laisserai pas la détruire pour un pari !

— Qui t'a dit que c'était un pari ? Merde !

— C'est un pari !

— Pourquoi je ne pourrais pas la vouloir ? dit Jax, exaspéré.

— Parce que je te connais ! Tu sors avec des grosses, maintenant ? dit-il, comme s'il était dégoûté par ce mot.

— Et alors, pourquoi je ne pourrais pas sortir avec une grosse ? Ne te mêle pas de mes affaires, ou je lui dis que tu mens sur ta véritable identité.

— Tu ne ferais pas ça ? Tu es prêt à tirer un trait sur notre amitié, tout ça pour un stupide pari !

— Crois ce que tu veux, je me barre, sinon je vais te refaire le portrait, connard !

Je l'entends claquer la porte. Mes larmes déferlent sur mes joues. Alors, c'est ça ! Je suis un putain de pari ! Et quoi que je fasse, je suis la grosse ! Au moins, je suis fixée sur ces deux-là. Je n'aurais pas dû ouvrir ma carapace à des gens que je ne connaissais pas. Mes états d'âme peuvent attendre, il faut que je sorte de là. Je rentrerai en métro, peu importe. L'un me ment sur son identité, les deux m'insultent. Je crois que j'ai assez fêté mon premier jour ! J'ai envie de rentrer chez moi, de me blottir sous la couette avec un pot de glace à la pistache. Allez, courage ! Objectif 1 : Atteindre la sortie le plus vite possible sans tomber sur un de mes « amis ». Objectif 2 : Trouver de la glace à la pistache. Objectif 3 : Manger la glace et dormir pour être présentable demain. On se calme ! C'est parti.

Je me regarde dans le miroir. J'inspire doucement, j'expire. J'ouvre la porte et tombe nez à nez avec Dan. Il me regarde et réalise que j'ai tout entendu.

— S, ma belle, tu pleures ? Viens ! On va en parler !

Il dit ça tout paniqué. Je n'en peux plus. Mes larmes continuent de couler et je murmure :

— Je ne veux plus jamais te voir.

Je cours vers la sortie et percute Pete et Kyle. Pete m'interpelle :

— Qu'est-ce qui se passe ma belle ? dit-il, visiblement inquiet.

Ma tentative de former un mot est un échec cuisant. Kyle me prend dans ses bras et me dit que ça va aller, comme s'il parlait à un enfant. Pete me dit qu'il va chercher Jake. Kyle me demande qui m'a fait ça. Il propose de lui refaire le portrait. J'ai envie de rire, mais le cœur n'y est pas. Jake arrive enfin et examine mon visage :

— Ma chérie… quelqu'un t'a fait quelque chose ! murmure-t-il les larmes aux yeux.

— Non… je veux juste partir d'ici…

— Ok, Pete veut qu'on aille chez lui. Hors de question que je te laisse seule.

— Mais…

— Pas de mais ! On t'emmène ! Tu as besoin de glace pistache ? dit-il avec un petit sourire.

Je murmure un petit « Oui ». Nous montons dans la voiture de Pete. Kyle me reprend dans ses bras en disant que si je veux qu'il refasse le portrait à quelqu'un, ça tient toujours ! Ça me réconforte, je me dis que j'ai au moins rencontré quelqu'un de bien. La vérité est bien plus simple, j'ai honte. Honte de m'être laissée séduire par Lucifer.

On arrive dans un bâtiment industriel transformé en loft. Je perçois l'inquiétude des trois hommes qui m'accompagnent. Nous nous installons sur le gigantesque canapé d'angle en cuir. Pete ramène de la glace pour tout le monde. Et là, je craque, je ne sais pas ce qui me prend, mais je lâche tout : ce que j'ai fait avec Jaxson – enfin, pas dans les détails bien sûr –, la discussion entre Dan et Jaxson, le pari ! Puis je me remets à pleurer. Les trois hommes explosent de colère. Pete dit qu'il doit à tout prix parler à son frère. Kyle propose de l'accompagner, ils ne seront pas de trop à deux pour gérer Jax. Avant de partir, il nous montre la chambre d'ami et nous dit de faire comme chez nous. Jake me met la série *Gossip Girl* que je regarde, blottie dans ses bras, et je m'endors enfin. À chaque fois que mes blessures s'ouvrent, j'ai l'impression que l'on jette du sel dessus pour les empêcher de cicatriser. La nuit sera courte !

Chapitre 13
« God and Satan », Biffy Clyro

Jax

Ce con de Dan n'a pas réussi à la retenir. On n'en serait jamais arrivé là s'il n'avait pas ouvert sa grande gueule ! Il n'y avait pas de pari ! Son poids n'entre pas en ligne de compte, je la veux. Si elle savait l'effet qu'elle me fait, Stones n'aurait aucun problème de confiance en elle et serait sûre de son pouvoir de séduction. Il n'y a qu'à voir comme tous les mecs étaient à ses pieds ce soir : Kyle, ce Dan de merde, ok, ok moi… je l'avoue, merde ! Koll est trop à l'ouest pour se rendre compte du monde qui l'entoure. Quand il se fait une meuf, c'est souvent parce qu'elle lui saute dessus et qu'il la laisse faire. Mon frère est homosexuel, et Karl marié à son smartphone. Reste Jake, son meilleur ami. C'est quand même un beau tableau de chasse ! Le pire, c'est qu'elle n'en est pas consciente, ce qui la rend encore plus irrésistible ! Qu'est-ce que je raconte encore ? Je suis bon pour l'hôpital psychiatrique ! Ou alors, c'est la bouteille de Mombasa qu'on se finit à trois qui commence à embrumer mon esprit. Ce con de Dan est parti avant de m'en coller une. J'apprécie, mec ! J'entends une porte claquer et je vois mon frère avec Kyle, ça va être ma fête ! La cavalerie débarque ; ils ont le visage fermé, ça craint pour moi ! Pete se pose d'un côté, Kyle de l'autre, je suis cerné ! Les hostilités démarrent avec Pete :

— Un pari ! Un putain de pari ! Qu'est-ce qu'elle t'a fait pour que tu la méprises de la sorte ? Tu ne respectes vraiment rien, je ne sais pas ce qui me retient de te casser ta jolie petite gueule !

Alors là, je ne l'ai jamais vu en colère à ce point, ça va saigner ! Kyle en remet une couche :

— Moi, rien ne me retient ! Tu n'as plus intérêt à l'approcher, et j'y veillerai, même si je dois me pointer tous les jours au *Wonderwall* ! Elle ne versera plus la moindre larme par ta faute, mon pote !

— Dit le mec qui veut se la faire ! Je n'ai rien fait, c'est un malentendu !

— Je l'apprécie beaucoup, si tu veux savoir, et si elle voulait, pourquoi pas !

— Monsieur se la joue romantique alors qu'il baise dans les toilettes après les concerts ! Elle est à moi !

Je regrette déjà ce que j'ai dit quand les deux me foutent la tête dans le seau à champagne. Putain, c'est froid ! Pete reprend la main :

— Un malentendu ! Alors, tu ne l'as pas insultée après l'avoir touchée ?

— Si, mais….

— Et c'était un pari ?

— Mais non ! Ce n'est pas mon genre ! En fait, si, c'est tout à fait mon genre, merde ! Mais l'autre con de Dan empiétait sur mon territoire, alors j'ai pété un plomb !

— Putain ! Elle était tellement mal qu'elle a demandé à Jake de dormir dans ses bras. La Stones qu'on connaissait n'est plus là.

— Jake est homosexuel, j'espère ? Putain de merde !

— Retire-toi le balai que tu as dans le cul ! Ce n'est pas le sujet ! Elle ne veut plus avoir à faire à toi ou à Dan, que ce soit de près ou de loin !

— Oui, mais on bosse ensemble ! Je vais aller chez toi pour la raisonner et elle comprendra !

— Je te l'interdis ! Tu lui as déjà fait assez de mal comme ça !

— J'ai besoin d'elle !

— Il fallait y penser avant ! Stones a besoin d'un mec qui la respecte et qui ne la traite pas de grosse ! Je te connais trop bien, tes plans machiavéliques la détruiraient !

— Comment on fait, du coup, pour le taf ?

— Je vais bosser avec elle sur l'organisation et Kyle s'est proposé pour l'aider, au moins cette semaine !

— Jamais !

— Tu n'as pas ton mot à dire ! C'est non négociable !

— Kyle, si tu la touches, je t'embroche !

— C'est ce qu'on verra ! dit-il avec un sourire.

Mon plan s'avère plus complexe que prévu, je suis dans la ligne de mire de mon entourage. Le pardon n'est pas une notion à laquelle je m'attache. Elle est à moi. Je vais tâcher de le lui rappeler en réitérant mon expérience de tout à l'heure s'il le faut. Mais je vais retrouver Stones en mode furie maximum, l'approcher sera donc mission impossible.

Mon frère et Kyle rentrent au loft. Rien que de savoir qu'ils sont dans le même espace que ma furie me rend dingue ! Il n'est pas dans mes habitudes de faire des efforts. Dommage qu'il n'existe pas un bouquin « Que faire quand on a merdé avec Stones pour les nuls ». Je récupère Koll. Enfin, je le traîne jusqu'à la sortie. Je ne sais pas ce qu'il prend, mais c'est de la bonne ! Après, on dit que c'est moi qui dois décrocher.

Concernant le dossier furie, il est hors de question de lui présenter des excuses. Elle a déjà vécu l'expérience une fois. C'était la première et la dernière. Si ça ne tenait qu'à moi, sa fuite ne serait pas une option. Je l'aurais balancée sur mon épaule et traînée dans mon lit pour la faire hurler mon nom jusqu'à épuisement. Elle prend beaucoup trop d'importance pour une femme que je n'ai pas encore baisée. Si seulement Stones ne s'était pas retrouvée sur mon chemin, avec son caractère de merde, son regard magnétique et ce courant électrique inexplicable ! Une seule chose me permettra de tout remettre en place : le K ! Une nuit à être le vrai moi ! Un coup d'œil à ma montre me dit qu'il est juste minuit. C'est encore très tôt pour ce genre d'endroit. Tout y est permis ou presque, et j'ai bien l'intention d'en profiter. Je monte dans ma caisse et fredonne *Highway to hell*, de circonstance, en route vers le lieu de tous les péchés.

J'arrive devant un bâtiment historique exemplaire, en apparence. Je sors ma carte de membre Platinium et active l'ouverture de la porte. À la réception, une hôtesse brune aux jambes interminables aiguise mon appétit. Une fois ma veste au vestiaire, je m'accoude au bar et examine la marchandise en stock. Le lieu vous transporte dans un bar clandestin des années vingt. L'endroit est très peu éclairé et les tabourets de bar sont recouverts de velours rouge. Les barmen sont très discrets et habillés comme à l'époque. Ils doivent connaître des secrets à ne plus savoir qu'en faire ! Finalement, des clandestins qui s'affranchissent des valeurs des bienpensants, c'est un peu ce que nous sommes. J'assume parfaitement le fait de prendre part à cet univers. Les alcools sont loin des cocktails à la mode. Ici, on boit du Gin, du Wiskey, que des alcools purs, et du champagne pour les femmes, bien entendu ! Dans la salle, des fauteuils et des canapés en cuir sont disposés un peu partout. Certains couples y commencent des préliminaires presque innocents, d'autres sont carrément en train de baiser. Bienvenue dans mon monde ! Je commande un Gin tonic, je suis toujours un sujet de Sa Majesté, après tout ! Je bois quelques gorgées en scannant la salle. C'est là que je la repère, ma proie, Julia, mon ex-femme/la drogue parfaite pour oublier ma soirée, et peut-être même davantage. Ici, je ne suis personne et je compte bien en profiter, me dis-je en avançant vers elle tel un prédateur.

Chapitre 14
« Broken », Seether

Stones

Supermassive Black Hole de Muse envahit mon cauchemar. Je me réveille en sursaut dans les bras de Jake. Quelle conne ! C'est l'alarme de mon portable. *Go!* Je préfère éviter mon reflet dans le miroir ce matin, surtout avant mon café. J'enfile la chemise de J et mon legging. J'essaie de ne pas faire de bruit, il ne faudrait pas réveiller tout le monde ! Je n'avais pas remarqué à quel point c'était immense ici. La cuisine est anthracite avec un îlot en pierre et des suspensions qui descendent bas, comme dans un bar chic. Magnifique ! J'aperçois Pete en boxer en train de préparer le petit déjeuner. J'essaie de rebrousser chemin au moment où il m'interpelle avec une voix douce :

— Ça va ma belle, tu as bien dormi ?

— J'ai connu mieux…, dis-je en baissant la tête.

— Tu sais, Jax…

— Je ne veux plus en entendre parler, c'est déjà assez humiliant comme ça. Tout ce que je veux, c'est un café, une douche et que l'on commence à bosser. Tu m'emmènes ?

— Euh oui. Enfin non, j'ai demandé à Kyle d'aller chercher les dossiers et ton iPhone de concierge. J'ai pensé que tu avais besoin d'être au calme après ce qu'il s'est passé hier. Au fait, je suis désolé…

— Tu n'as pas à l'être. Je me suis imaginé des choses, c'est ma faute. J'ai encore été trop naïve de croire que je pouvais vivre comme tout le monde. Je dois rester à ma place !

— Tu es trop dure avec toi-même ! Tu ne vas quand même pas croire que tu es fautive ! Ce mec est un enfoiré de première, pourtant c'est mon frère ! Je t'ai fait des pancakes, ça va te faire du bien !

— Je n'ai pas faim, juste un thé s'il te plaît.

Et voilà que je me mets à boire du thé, je suis dingue !

— Tu ne vas quand même pas t'affamer à cause de ces conneries !

— Il avait raison, et ma transformation commence aujourd'hui !

— Ok, dit-il résigné.

Je bois mon thé et me dirige vers la salle de bain. Je laisse l'eau couler jusqu'à ce qu'elle soit brûlante. Puis je m'assois à même le sol. Les larmes coulent encore. Il faut juste que je me ressaisisse et que je sois forte. Même après les mots qu'ils ont prononcés, je n'ai jamais désiré quelqu'un autant que Jax et son stupide tatouage mystérieux. Me voilà dans de beaux draps ! Quand je repense à l'autorité dont il a fait preuve quand il m'a fait jouir. Jamais je n'ai eu un orgasme pareil. Mon corps ne m'appartient plus, il en a pris possession. Son empreinte est encore tatouée partout. En repensant à ses mots « maintenant tu es à moi, tâche de ne pas l'oublier ! », je ne me suis jamais sentie aussi stupide. C'est le jeu qui l'intéressait. J'étais la dinde de la farce. Ou un truc du genre, je suis nulle avec les expressions françaises ! En tout cas, il m'a prise pour une conne. Si je veux garder ma santé mentale – enfin ce qu'il en reste ! –, je dois éviter à tout prix de me retrouver seule avec lui. Aujourd'hui, je devrais être tranquille de ce côté-là. Cela dit, il a raison, je ne ressemble pas aux filles qu'il doit fréquenter grâce aux Black Suits. Jax a dû bien se marrer avec moi. Maintenant, il faut vraiment que je me reprenne en main. Si cela me touche autant, je dois faire quelque chose. Je ne veux plus être à la merci des moqueries et des commentaires déplaisants. Je ne suis pas au mieux de ma forme aujourd'hui. Il faut que je digère tout ça. Mais demain, je me mets au jogging et à la nourriture saine. Ma mère dit toujours qu'il y a du positif dans chaque chose. C'est le moment de vérifier sa devise. Mon humiliation aura au moins servi à quelque chose, après tout !

Je me rends compte que j'ai oublié mes fringues dans la chambre. Ce n'est pas si grave ! Mais il fallait que ça arrive quand je suis au plus bas ! Je me démêle les cheveux. Je trouve des brosses à dents dans le tiroir. Soit mon hôte est prévoyant, soit il a souvent des invité(e)s. Je chasse cette pensée et resserre ma serviette. *Courage, la chambre n'est qu'à quelques mètres !* Il ne me reste plus que deux pas à faire quand je tombe sur Kyle qui écarquille les yeux.

— Oh… Désolé, je ne savais pas que tu étais dans la salle de bain. Je venais voir comment tu allais…

Il n'est vraiment pas mal celui-ci, dans le style hipster !

Je passe devant lui sans dire un mot. Je suis rouge tomate. J'arrive dans la chambre alors que J se réveille. Il me sourit et dit :

— Ça va, ma chérie ?

— Oui.

— C'est un petit oui, viens là !

Je me blottis dans ses bras. Il me laisse le temps de rassembler mes idées. Je soupire et je murmure :

— Oui, ça va, il faut juste que je digère tout ça.

— Si je le tenais, ce connard !

— Ne t'en fais pas, je dois juste me reprendre en main, il a raison !

— Ne le laisse pas t'atteindre, promets-le-moi ! Je trouve que tu as des formes magnifiques, tu es parfaite, dit-il en caressant la naissance de mon décolleté.

Il y a toujours eu cette ambiguïté entre nous. On est les meilleurs amis du monde, mais on ne se comporte pas tout à fait comme tel. Ça ne va jamais au-delà des caresses de toute façon. Peut-être est-ce dû à nos parents qui sont hippies – pour ne pas dire autre chose.

— Je te vois venir, toi ! Bas les pattes, J ! Je dois m'habiller et bosser avec Pete. Au fait, Kyle m'a surprise en serviette, dis-je en caressant son torse musclé.

— Je suis sûr qu'il ne s'en plaint pas.

— Tu racontes n'importe quoi.

— Ce que tu peux être négative aujourd'hui ! Hop, hop, hop il me faut un café !

— Je vais bosser, il y a du café dans la cuisine. À tout à l'heure, darling !

— À tout', et je veux te voir avec un sourire sur ce joli visage.

— Je ferai mon possible.

Je retourne dans la cuisine. Visiblement, Pete et Kyle n'attendent plus que moi. Une énorme pile de dossiers trône au milieu de la table. Kyle fuit mon regard, sans doute à cause de l'incident de tout à l'heure. Pete m'adresse un sourire rassurant et m'invite à prendre place à ses côtés. *On se remet de ses émotions et on bosse !*

Je me rends compte qu'il me manque ma copie du fichier prestataire. De toute façon, je remettrai bien les pieds un jour ou l'autre au *Wonderwall*. Ce sera beaucoup plus pratique d'avoir notre QG là-bas. *Tu peux le faire !* P et K essaient de me dissuader et me disent qu'on peut y aller un autre jour. Mais je sais que les délais sont serrés. On doit faire comme convenu, on va rester à l'hôtel pour que tout soit prêt pour samedi. C'est fini la Stones/petite chose fragile !

Pete nous conduit à l'hôtel avec un sourire forcé. Ils n'ont pas l'air ravis de ma décision. Je sens qu'on me cache quelque chose !

Chapitre 15
« Be yourself », Audioslave

Jaxson

Je me réveille avec la gueule de bois du siècle. Je tends le bras vers ma table de nuit pour attraper une bouteille d'eau. Je ne trouve rien. La lumière qui traverse la pièce m'empêche d'ouvrir totalement les yeux. Après quelques instants, j'y arrive enfin. Et là, c'est comme une claque dans la gueule. Putain de merde, ce n'est pas ma suite ! Qu'est-ce que j'ai encore foutu ? Je tâte l'oreiller d'à côté et je tombe sur une chevelure rousse que je ne connais que trop bien. Merde et re-merde, Julia. Il ne manquait plus que ça !

Notre histoire a été aussi courte que chaotique. Je l'ai rencontrée dans un club libertin à Londres. C'est une soumise née. C'est ce trait de sa personnalité qui m'a attiré dans ses filets. À l'époque, j'étais complètement shooté vingt-quatre heures sur vingt-quatre. Je l'ai donc épousée sans trop savoir pourquoi. Nous nous sommes mariés à Vegas, alors que nous étions tous les deux bourrés. Personne ne peut résister à Julia. Cette sorcière a de longs cheveux roux, une silhouette filiforme, des yeux verts, et tout ce qu'il faut pour rendre dingue n'importe quel homme. Enfin, c'est surtout une garce manipulatrice ! Au bout d'une semaine, son foutu caractère capricieux m'a montré qu'elle n'était pas si soumise que ça. Je ne pouvais plus l'encadrer. Même le groupe ne la supportait plus. J'ai surtout réalisé quel genre de femme elle était. Un cliché vieux comme le monde : une femme vénale. Elle n'arrêtait pas de me parler d'une maison à Miami, d'une nouvelle voiture ou je-ne-sais-quoi d'autre. Évidemment, avec la cam, il m'a fallu une semaine pour capter. Du coup, en moins de temps qu'il ne faut pour le dire, j'ai demandé l'annulation du mariage. J'ai juste prétexté notre état d'ébriété. Aux États-Unis, un bon avocat fait toujours des merveilles. Elle n'a pas eu le moindre centime de ma part. Le bonus était la clause de confidentialité qui l'empêchait d'aller cafter.

Les images de cette nuit me reviennent ; Julia était accompagnée d'un couple. Un joli trio en perspective, avec elle et une blonde incendiaire. L'homme était adepte du candaulisme. Parfait, en somme, car hors de question de me laisser toucher par un mec ! Elle m'a fait du charme, et je me suis laissé embrasser par les deux femmes. Malheureusement, la soirée a été écourtée, je n'arrivais pas à me sortir ma délicieuse furie de la tête. Je ne pensais qu'à ses courbes, sa crinière et son odeur aux notes de noix de coco et de monoï. Impossible d'aller plus loin avec ces créatures ! J'ai donc continué de picoler en jouant les voyeurs avec le mec. Ces deux femmes étaient vraiment divertissantes. Je ne fais jamais ça d'habitude. Je deviens complètement taré ! Évidemment, à la fin de la soirée, je ne tenais plus debout et Miss Fric s'est dévouée pour m'escorter dans sa suite du *Wonderwall*. Savoir que mon staff m'a vu dans cet état me donne la nausée. J'avais réussi à être sérieux et à me faire respecter. En une nuit, j'ai réduit tout ce travail à néant. Merci, Julia, toujours au mauvais endroit, au mauvais moment !

Heureusement, elle dort habillée. Ça veut dire que je ne l'ai pas baisée. C'est déjà ça ! J'ai quand même des sueurs froides. Ai-je pris de la coke ? Je n'en ai pas le souvenir, mais avec moi, on n'est jamais trop prudent. Je ferai un test dans la journée et j'irai voir mon parrain. Un parrain, c'est une sorte de Jiminy Cricket qui vous aide après une désintox. Le mien s'appelle Jean et est aimable comme une porte de prison. L'avantage, c'est qu'il me file la frousse. Du coup, je me tiens à carreau. J'appréhende donc notre entretien. Je lui envoie un SMS auquel il répond qu'on se voit ce soir. Il ajoute que je n'ai pas intérêt à me pointer en retard. Tu me connais Jean, je ne suis jamais à la bourre !

Première étape : ok ! Je commande ensuite un petit-déj' et surtout du café, pour me mettre les idées en place. Après l'épisode d'hier, je vais galérer avec Stones. Elle m'appartient, et il est hors de question qu'elle m'évite. L'approcher va s'avérer difficile avec son nouveau fan-club. Même Dan ne m'adressera plus la parole. Monsieur joue au prince charmant, bien sous tous rapports. Le seul point positif, c'est qu'elle doit aussi lui en vouloir. Enfin, j'espère.

Des coups frappés à la porte interrompent mon examen de la situation. Du café, une bouteille d'eau, un jus d'orange, des crêpes et de l'ibuprofène : c'est exactement ce qu'il me fallait pour commencer cette journée de merde. Avant de manger, j'appelle Lee pour qu'il envoie un panier de muffins à ma furie. Il faut bien commencer quelque part. Je sais qu'il faudra plus que ça pour revenir dans ses bonnes grâces. Enfin, aussi bonnes que possible ! J'engloutis mes crêpes comme si je n'avais pas mangé depuis des jours. Je m'occuperai de Julia plus tard. Je prends ma douche et me fringue tant bien que mal. J'ai vraiment mauvaise allure avec mes vêtements chiffonnés.

En bon pervers que je suis, il a encore fallu que je me branle sous la douche en pensant au visage de ma furie quand je l'ai fait jouir. Cette femme me fait partir en live, mais je n'arrive pas à m'en éloigner. Quelle merde ! Je sors de la suite et prends la carte. Hors de question que Miss Julia puisse aller et venir dans cette suite. À ma sortie de l'ascenseur, je tombe sur un Dan furax :

— Alors, Jax, tu as repris tes mauvaises habitudes ?

— Mêle-toi de tes affaires, tu fais chier !

— Je l'ai appelée, et elle filtre mes appels par ta faute, connard !

— Enfin une bonne nouvelle ! Je ne vois pas en quoi c'est mon problème ! Dégage de mon chemin !

— Comme tu voudras, mais ce n'est pas fini !

— C'est ce qu'on verra !

Putain, il me donne mal au crâne avec ses conneries ! Je tente un appel à Stones. C'est, bien sûr, un échec cuisant, puisque c'est Jake qui décroche. Il me lance un « Ne rappelle plus, connard » et raccroche. Ils se sont tous donné le mot pour me faire chier. Après un passage dans mon bureau pour mettre des vêtements propres, je vais à la réception pour faire un point sur les réservations avec Elia. On est déjà à cinquante pour cent sur le mois et le concert de samedi ne sera annoncé que dans la soirée sur notre site officiel. C'est prometteur. Il faut juste que le groupe assure et qu'on peaufine notre nouvelle chanson. Je ressens des picotements dans la nuque, l'atmosphère change étrangement. Stones est là. Je me retourne et vois ma furie avec ses deux gardes du corps. Ça ne va pas être simple, mais je dois lui parler. Son visage est éteint, l'étincelle qui brillait dans ses yeux a disparu. Tout ce qui la rendait unique a fichu le camp. Si j'avais une conscience, j'en serais peiné. À la place, j'ai juste envie de la dominer pour la faire renaître. Elle ne le sait pas encore, mais j'ai perçu sa part d'ombre. Je me dirige vers la conciergerie et me poste devant elle. Ma furie me fusille du regard. Elle ne dit rien et me pousse sur le côté. Je me laisse faire pour la forme. Avec le même air furax, elle lance d'un ton digne de la banquise :

— Bonjour, Dan, il me faudrait le fichier prestataire et les plaquettes publicitaires.

— S, comment te sens-tu ? Écoute, je voulais te…

— Ce n'est ni le lieu ni le moment pour parler de ça. Tu as ce que je t'ai demandé, s'il te plaît ?

— Euh oui…

Bien fait pour lui. Au moins, je ne suis pas le seul sur sa *black list*.

— Merci.

— Attends, Stones, tu veux bien boire un café avec moi ? On doit parler, dit-il suppliant.

— On ne doit rien du tout ! Je ne peux pas ! Pas aujourd'hui !

Chapitre 16
« Bad day », Daniel Powter

Stones

Je suis fière de moi. Je n'ai pas cédé. J'aperçois les regards surpris des trois hommes qui m'entourent. Et ouais, les mecs, j'en ai ma claque de me laisser marcher sur les pieds ! Je me retourne vers Lucifer. Son regard me fait ressentir un tas de choses interdites. Même si ma raison le déteste, mon corps a manifestement besoin d'une piqûre de rappel. Son tatouage me fait l'effet d'une drogue. Mon intimité pulse au souvenir de la dextérité de ses doigts. Il me remet une mèche derrière l'oreille en murmurant « Stones ». Sa façon faussement douce de me regarder me rappelle les mots douloureux d'hier. Je suis complètement hypnotisée par son aura. Et là, je ne sais pas ce qu'il me prend. Je lui mets une baffe en pleine figure et me précipite vers l'ascenseur. Je perçois les rires de Pete et Kyle qui me suivent. Vu la tête qu'il a faite, il ne s'attendait pas à ça. La fureur s'est substituée à la douleur. Je ne serai plus une victime, c'est terminé. Me concentrer sur le travail va me faire beaucoup de bien.

Nous arrivons dans le bureau de Pete. C'est un vrai bureau de mec ! Les murs sont peints en noir et blanc et mettent en scène des objets et des posters emblématiques de la scène rock. Les bureaux sont constitués de plaques de verre sérigraphiées au logo de l'hôtel et posées sur des tréteaux. Une bibliothèque *so british* donne une ambiance studieuse à l'ensemble. Un paravent en cuir capitonné délimite l'espace réunion avec ses chaises en plexiglas. Le chesterfield, qui trône dans un coin, rend l'endroit encore plus viril. Mon regard dévie de l'autre côté de la pièce et je m'aperçois qu'il s'agit d'un bureau pour deux personnes. Et la deuxième personne n'est autre que Lucifer *himself*. Je sens que ça va être la fête ! Je pose mes affaires sur la table, pressée de fuir dans le travail. Je regarde Pete et Kyle qui me scrutent comme si j'étais une curiosité locale. Bon, on a du taf ! Pete nous annonce le plan de bataille.

— On n'a plus beaucoup de temps ! Il faut donc se partager les tâches !

— Ok ! Je me charge de la disposition de la salle avec Kyle, je vais aussi démarcher les clients VIP et rameuter la presse ! On a du pain sur la planche ! Pour l'espace restauration, je pensais à un espace food-truck avec hamburgers, tapas, cupcakes, et cocktails, bien sûr. On pourrait voir si un de nos barmen peut nous créer un cocktail signature pour l'événement et nous faire une démo de *bartending* avant le concert.

— Tu as bossé pendant la nuit ou tu es sous ecstasy ? retorque Kyle.

— Ni l'un ni l'autre, mais comme le concert est samedi, ça urge !

— Je ne me suis pas trompé en te confiant le poste, on dirait ! Je vais passer au marketing pour voir si tout est prêt pour l'annonce de ce soir et pour l'impression des pass. Pour le budget, je vais m'arranger pour que cela soit ok. Il faut faire un max de choses en interne, on économisera. *Let's go!* On a rendez-vous avec Jake à treize heures pour déjeuner et discuter du stand tee-shirts et goodies. Il faudra aussi faire un briefing avec la réception. Et pour finir, ce bureau est à votre disposition !

— Ok, répondons-nous.

Au moment où je récupère mes affaires, Lucifer entre avec un sourire satisfait. Une claque n'était pas assez, je devrais investir dans un taser ou un bazouka, c'est plus définitif ! Il se poste devant nous en arborant son air des mauvais jours :

— On devait travailler en équipe, et j'ai comme l'impression que je n'ai pas été invité à votre petite sauterie ! dit-il d'un air cynique.

— Kyle, on a du taf !

— Pas si vite, Stones ! On doit bosser ensemble ! C'est mon groupe qui joue samedi et je suis ton boss, donc tu devras faire avec ! Tu n'as pas d'autre alternative.

Je lève les yeux au ciel et regarde Kyle d'un air désespéré.

Il semble saisir le message, car il enchaîne :

— Putain, Jax ! Laisse-la respirer ! Je peux m'en occuper. Je suis un membre des Black Suits, tu te souviens ?

— De quoi on parle, là ? Tu ne te charges jamais de la mise en place, et c'est mon business, alors tu t'écrases et tu me laisses gérer !

Il ne lâchera rien, cet enfoiré ! Ses yeux, maintenant pareils à une mer d'encre, me fusillent. La pression sur mon cœur se resserre et de stupides papillons virevoltent dans mon ventre. C'était donc autre chose qu'une simple attraction physique. Je suis dans une merde internationale !

Mais non ! C'est impossible, je ne tomberai pas amoureuse. L'amour rend faible et je serai forte, quoi qu'il arrive ! Si j'ai appris quelque chose, c'est qu'il ne faut jamais baisser la garde. Enfin, surtout quand on est une cible facile, genre ronde avec un manque d'assurance visible à des kilomètres. J'aime bien Kyle, c'est pourquoi je ne vais pas le laisser galérer et se mettre à dos l'un de ses meilleurs potes. Je vais jouer l'indifférence et peut-être que j'aurai enfin la tranquillité à laquelle j'aspire.

— Merci, Kyle, mais je n'ai pas le choix ! Allons-y, Monsieur Smith, j'ai tellement hâte d'être épatée par vos connaissances en matière d'organisation ! dis-je avec ironie.

— Essaie de te comporter en être civilisé, Jax ! Je sais que tu en es capable ! Stones, on se retrouve pour le déjeuner ! lance Pete.

— Vous pouvez aussi compter sur ma présence ! lance Lucifer d'un air satisfait.

Je coupe court à toute discussion en sortant du bureau avec mes dossiers. Surpris par mon empressement, Jaxson marche sur mes traces, et j'accélère aussi vite que le permettent mes talons de dix centimètres. Les grognements de mon accompagnateur/épine dans le pied semblent dire qu'il n'apprécie que modérément mon humeur du jour. Tant pis pour lui.

La tension sexuelle atteint son paroxysme une fois dans l'ascenseur. Ses superbes pupilles me déshabillent. Je suis tellement gênée que je ne sais plus où me mettre. Quoi ? Tu n'as jamais vu une grosse, comme tu dis ? Il s'amuse comme un chat avec une souris. Mais crois-moi, la souris ne se laissera pas bouffer, cette fois-ci ! Il grogne encore, décidément c'est plus un animal qu'un homme. Cela ne m'aide pas à cacher ce que son corps m'inspire. Mon instinct me dit de me jeter sur lui, ici même. J'ai tellement envie d'embrasser chaque centimètre de cette peau délicieusement hâlée. Des flammes dansent dans son regard de prédateur. Je sens mon visage rougir, ce qui a l'air de le ravir. Espèce de sadique ! Mais il descend cet ascenseur ? Merde ! Soudain, une main virile appuie sur le bouton d'urgence. Prise au piège ! Je suis maintenant une proie. Il se plante face à moi, ses bras de chaque côté pour m'emprisonner. Je suis à sa merci et son regard ne contient plus une seule once de douceur. Il me murmure :

— Ma furie se débat et n'en est que plus désirable.

Mais qui dit une chose pareille ? Des frissons électrisent ma peau. Cette phrase si arrogante me rend totalement esclave de sa main qui caresse ma nuque. Il poursuit :

— Ton plaisir n'appartient qu'à moi.

Lucifer dépose des baisers légers comme des plumes sur ma nuque. Je devrais résister, surtout après le mal qu'il m'a fait, mais mon cerveau s'est fait la malle. Sa bouche s'écrase maintenant sur la mienne sans la moindre douceur. Mon corps répond à chacun de ses gestes comme si je n'étais qu'une machine inventée dans le but de satisfaire le moindre de ses désirs. Je suis devenue une vraie nymphomane qui ne pense plus qu'à ça ! Ce mec est mon boss !

Chapitre 17
« Should I stay or Should I go », Rolling Stones

Jaxson

Putain de merde ! Je suis aux anges ! Qu'est-ce que je raconte, on m'a encore confisqué mes couilles. Cela arrive un peu trop souvent depuis que j'ai fait la connaissance de cette étrange créature. L'enfer est mon royaume, et je suis un démon ! *Exit* les anges ! J'inspire son odeur de plage comme si c'était ma drogue. Mes dents se plantent dans ses délicieuses et douces lèvres. J'empoigne son cul magnifique pour qu'elle sente l'effet qu'elle me fait. Mon érection est plus dure que le béton. Ses petits gémissements sont vraiment bandants. J'aimerais tellement m'occuper de ce délicieux petit cul et marquer, avec de jolies traces rouges, sa peau laiteuse. Je sens déjà que cette soumise ne sera pas comme les autres, puisque c'est bien de cela qu'il s'agit. Ce sera ma soumise, une partenaire de jeu qu'il faudra apprivoiser. Sa part d'ombre ne demande qu'à éclore. Elle est cachée sous son manque de confiance en elle et sa prétendue innocence. Je vois clair dans ton jeu, ma belle !

Je m'apprête à glisser ma main dans son jean, quand l'ascenseur émet un bip et redémarre. Ma furie en profite pour me mordre la lèvre à sang. Encore une journée de merde ! Je ne vais jamais réussir à rester *clean* avec elle dans les parages ! En réalité, je suis satisfait de révéler ce qu'il y a de pire en elle. Je sais parfaitement que c'est la vraie Stones qui m'a frappé et mordu. Pour dire la vérité, je la veux plus que je n'aie jamais rien voulu d'autre. Je finirai par la dompter, peu importe le temps que ça prendra. Je me suis déjà insinué dans ses pensées et ses désirs les plus noirs.

Je prends un mouchoir, essuie le sang en rigolant comme un débile et sors enfin de l'ascenseur. Elle me regarde de son air exaspéré.

— Qu'est-ce qui te fait rire ?

— Toi ! Tu luttes encore, mais toi et moi savons très bien comment ça va finir. Moi en toi !

— Certainement pas ! Ce n'est pas parce que monsieur est une rock star que je vais être à ses pieds. Choisis un des mannequins qui gravitent autour de toi ! Et puis, tu l'as dit toi-même, je suis grosse ! Alors, fiche-moi la paix ! dit-elle en ravalant ses larmes de colère.

Je suis surpris par un sentiment que je n'ai jamais ressenti. Ses larmes me filent un pincement au cœur. Je me fous toujours de tout et de tout le monde. Mon humanité survient au plus mauvais moment. Et là, sans que je puisse le réfréner :

— Écoute-moi bien, parce que ce n'est pas mon genre de me répéter ! Tu vaux dix fois plus que les femmes qui me filent le train à la sortie des concerts !

J'ai l'impression d'être un acteur des *Feux de l'Amour* ou un truc du genre ! Elle me regarde et esquisse un demi-sourire. Et comme un con, je lui souris aussi.

— On a du taf ! dis-je pour me redonner une contenance.

Nous passons plus d'une heure à vérifier les normes de sécurité, pour être sûrs que la zone *Drinks and Food*[7] ne gêne pas. Sur la demande de Stones, le barman nous montre, avec beaucoup de zèle, sa démo de *bartending*. Un peu trop de zèle à mon avis ! Chasse gardée, mon pote ! Il nous fait déguster le cocktail signature de la soirée, à base de gin et de purée de mangue. C'est audacieux, mais ma furie lui demande d'ajouter du citron vert et un zeste de champagne, pour voir. Nous sommes stupéfaits de l'association qui va vraiment faire un tabac. Elle m'impressionne ! Depuis le début, elle jongle entre son iPhone qui ne cesse de sonner et la préparation de la soirée concert, sans le moindre stress. Et l'autre qui n'arrête pas de lui faire des clins d'œil ! Stones, totalement inconsciente de son pouvoir sur les hommes, ne voit rien ! Comme j'ai peur de lui mettre ma main dans la gueule, je lui casse son coup :

— Bon, c'est ok ! Il est déjà onze heures, on doit voir le menu avec les cuisines.

— D'accord ! Donc, la scène est ok, mais il faudra activer le mécanisme le matin, la mise en place ok, il reste les cuisines et le briefing avec l'équipe réception, dit-elle en jetant un coup d'œil à sa liste.

Nous discutons des différents cupcakes et autres conneries du genre pendant plus d'une heure. Ça a l'air de captiver Stones qui utilise plein de termes techniques. Elle et la chef ont l'air de s'éclater ! Pour moi, parler cuisine sans dégustation, c'est comme regarder un épisode de *Top Chef* ! On se fait chier royal ! Nous avons enfin notre

---

7. « Boissons et nourriture ».

menu et j'ai la dalle. Je pose une main au creux des reins de Stones et je la sens frissonner. Ma furie est si réactive ! Au restaurant, nous arrivons en pleine conversation entre deux hommes qui se bouffent des yeux. Ça me file la nausée, laissez-moi au moins me remplir l'estomac avant de flirter ! Un grand sourire illumine le visage de Stones quand elle voit son pote. Il va falloir qu'on m'explique, ces deux-là cachent quelque chose ! Plus tard ! Pour leur signaler notre présence, je lance :

— On a loupé quelque chose ? dis-je avec mon ironie habituelle.

— Non, pas du tout, dit Jake en mettant la main sur l'épaule de ma furie.

— Tu vas bien, J ? Tu as eu ta dose de caféine ?

— J'ai eu mon petit café préparé par Pete en personne ! Impecc' ! Et toi, ma chérie, ta matinée avec cet enfoiré est enfin terminée… Où est Kyle ?

— Oui ! Lâche l'affaire, Jake ! Kyle a autre chose à faire que de jouer les nounous !

— Hors de question ! Il t'a fait souffrir, et ça n'arrivera plus jamais, n'est-ce pas Monsieur l'Enfoiré ?

Mes poings sont serrés, mes muscles contractés, il faut que je garde mon calme. Plus que ce qu'il dit, c'est sa main qui caresse les cheveux de Stones et ce petit surnom possessif qui me mettent en rogne. J'ai comme une envie de lui briser les os. Ce connard le sait parfaitement, il est aussi coriace que moi. Je vois à son regard que je ne l'impressionne pas. Sa carrure me fait dire qu'il pratique les sports de combat, comme moi. On se toise durant de longues minutes jusqu'à ce que Pete l'ouvre :

— On se calme les mecs ! Il y a trop de testostérone à cette table !

Jake rétorque avec nonchalance :

— Je pourrais te faire profiter de ma testostérone ce soir, si tu es libre, chéri.

Pete est rouge écarlate et on est tous morts de rire. Cette intervention a au moins le mérite de détendre l'atmosphère. Nous commandons tous le plat du jour et les cocktails signature pour que tout le monde puisse y goûter. Je ne cesse de fixer ma furie, en grande discussion avec Jake. Ses joues rosissent quand elle sent mon regard sur ses courbes. Il ne cesse de la toucher et ça me rend dingue. J'en viens même à me demander s'il ne voit pas clair dans mon jeu.

Il nous montre les croquis pour les tee-shirts, les mugs et même des perfectos en cuir en divers coloris. Et tout cela porte le logo du *Wonderwall*. Je n'aime pas ce type, mais il faut reconnaître qu'il assure grave. Je ne peux pas louper le regard de mon frère qui montre qu'il pense la même chose – ou qu'il a envie que Jake le baise, au choix ! Je préfère éloigner la deuxième idée de mon esprit. Nous validons les croquis, quand Kyle débarque. Il me regarde d'un air furax. Putain de merde, qu'est-ce que j'ai encore fait ? Bon d'accord, j'ai envoyé un message à Koll pour qu'il l'éloigne, mais bon, ce n'est pas si grave, j'ai déjà fait pire ! Pour une fois que Koll comprend ce que je lui demande ! Non, il y a autre chose ! Ses muscles sont tendus, ses mâchoires serrées, sans parler de ses poings. Je comprends tout quand je devine derrière lui une silhouette que je connais très bien. Le passé pourrait-il arrêter de se foutre de ma gueule ?

Chapitre 18
«First class loser»,
Dropkick Murphys

Stones

Je n'ai rien pu avaler. L'ambiance est très tendue entre J et l'autre J, mais je m'y attendais. Mon meilleur ami me défend comme une lionne veillant sur ses petits, et il n'a pas digéré l'épisode des toilettes. Après un début difficile, tout le monde s'est détendu et on a pu avancer sur le stand goodies. Comme d'habitude, le travail de Jake est vraiment au top et j'ai déjà mon perfecto clouté en modèle. La classe! Je le connais, il a dû dessiner tout ça en vitesse en buvant son café. Il a un talent inné pour ça. Il dessinait des vêtements sur le coin d'une table quand je l'ai retrouvé. Pour être honnête, j'ai toujours été sous le charme du personnage. Je le connais aussi depuis assez longtemps, pour savoir que la proposition qu'il a faite à Pete tout à l'heure n'était pas une blague. Je me suis mise à rire pour la forme, mais il a toujours obtenu ce qu'il voulait. Pete sera dans son lit ce soir, c'est une certitude. Il est très protecteur avec lui, peut-être même amoureux. Ce serait une première qui aurait sa place dans la presse people. Je suis vraiment cernée par des prédateurs!

Kyle nous rejoint avec une rousse incendiaire. Il n'a pas l'air dans son assiette, et Pete semble tout à coup en état de choc. Quelqu'un pourrait éclairer ma lanterne?

Cette femme est vraiment superbe : de longs cheveux couleur ambre, une silhouette de top modèle et des yeux émeraude. Je me sens tout à coup grosse et moche, enfin, encore plus qu'à l'accoutumée. Peut-être est-ce la petite amie de Kyle ? Il semblerait que Pete la connaisse. Elle s'avance d'une démarche assurée en me regardant comme si j'étais un caillou sous sa chaussure. Jake pose sa main sur ma cuisse et dessine des petits cercles. Il sait combien ce genre de femmes m'intimide, à cause de mes souvenirs douloureux. Ma respiration ralentit petit à petit. La beauté glaciale porte une robe qui doit valoir un mois de mon salaire et des escarpins à la célèbre semelle rouge. Nous ne jouons clairement pas dans la même catégorie. Je joue dans celle des accros au chocolat, des poignées d'amour et du shopping à bas prix. Rien à voir !

Elle se poste derrière Lucifer et caresse lascivement son torse. *Mais qu'est-ce que tu croyais ? Évidemment qu'il y a une femme dans sa vie, voire plusieurs !* Ils sont aussi froids, irrésistibles, prétentieux et charismatiques l'un que l'autre. La connexion se fait enfin dans mon esprit. Ils sont ensemble, peut-être même mariés. Je me souviens d'un article à propos du leader des Black Suits et d'une femme rousse… Joanna, ou quelque chose qui s'en approche. Pete la fusille du regard et Jax se lève en balançant la chaise :

— Qu'est-ce que tu fous encore là, sale garce ? dit-il en lui serrant le bras.

— Je ne sais pas ce que Julia fait ici, mais elle s'en va maintenant ! déclare Pete.

— Oh ! Kyle et mon cher beau-frère, vous n'êtes pas contents de me revoir ? Est-ce une façon de traiter la famille ?

— Je te rappelle que cela fait bien longtemps que tu ne fais plus partie de la famille, Julia ! rétorque Jaxson agacé.

— Mais, chéri, tu ne disais pas ça quand tu m'embrassais hier ! Je suis ta muse, ta beauté exotique, ta femme. Tu as revu tes critères à la baisse, tu t'affiches avec des boudins maintenant ? dit Julia en me regardant.

— Ex-femme ! Alors, je t'explique lentement, pour que même une idiote comme toi comprenne : je vais t'appeler une voiture et je ne veux plus jamais te revoir. Sinon, je t'enlève la seule chose que je t'ai laissée : ton appart' à Londres. Me suis-je bien fait comprendre ? hurle-t-il. Je ne voulais pas que tu sois à la rue, mais je pourrais changer d'avis.

— Ça va, ne t'énerve pas ! Je vais demander à Dan de m'appeler un taxi pour la gare. Tu n'es vraiment qu'une ordure ! Lui, au moins, sait traiter une femme comme il se doit, dit-elle en me regardant encore.

— S'il veut de toi, c'est avec plaisir ! Bon débarras ! Maintenant, dégage !

Jax abat son poing sur la table avec une force impressionnante. Je suis au trente-sixième dessous. J'essaie de contenir mes larmes et Jake tente de me réconforter, mais je suis à bout. Je ne peux plus tenir debout grâce à la force des autres. Je ne dois plus laisser mon poids diriger ma vie. J'ai fait une erreur en flirtant avec un autre monde. Je dois rester à ma place. Pete me regarde d'un air désolé. Je lui offre le plus beau sourire dont je suis capable. Cela ressemble plus à une espèce de grimace en fait, échec cuisant ! Ils me regardent tous avec pitié. Apparemment, les commentaires de Miss Beauté Glaciale n'ont échappé à personne. Tous, sauf Jax qui est trop furax pour regarder qui que ce soit. Quand faut y aller, faut y aller ! Avec mon masque de circonstance, j'essaie de convaincre :

— C'était vraiment délicieux, merci, Pete ! Je pense que tout est sous contrôle maintenant. Je dois encore faire un briefing avec la réception. Ensuite, je m'occuperai du reste avec Dan depuis mon bureau. À plus !

Je quitte la table et me dirige vers le concierge corner. Manifestement, ma nouvelle amie est déjà partie. Je n'aurais pas pu en supporter davantage aujourd'hui. Je ne sais pas ce qui m'arrive en ce moment, mais c'est la Sainte Stones ! Je sens une présence derrière moi. Nul besoin de me retourner pour savoir de qui il s'agit ! Les frissons qui se répandent dans mon dos me l'indiquent clairement. Il se poste derrière moi et me retient par les épaules :

— Stones, ne fais pas attention à ce qu'elle dit ! Je suis vraiment désolé qu'elle t'ait fait de la peine. Ne la laisse pas t'atteindre, c'est une vraie harpie qui fait une crise de jalousie ! dit-il d'une voix douce, comme s'il avait peur de me brusquer.

— Jalouse ! Vous dites n'importe quoi ! Vous vous excusez maintenant, Moniseur Smith ? C'est nouveau ! Je suis désolée, mais je n'en supporterai pas davantage. Je préfèrerais qu'on en reste à un cadre strictement professionnel, s'il vous plaît.

— Arrête avec tes « vous », merde ! J'ai besoin de toi, ne me laisse pas !

C'est qu'il m'inspirerait presque de la pitié !

— Vous n'avez besoin de personne. Je vous conseille d'aller retrouver votre moitié. Vous êtes faits du même bois. On n'est pas du même monde, mieux vaut en rester là !

Je ne le laisse pas poursuivre et fonce vers mon bureau, mon vrai bureau, *home sweet home!* Enfin presque, il va falloir gérer Dan. Je me demande ce que signifiait la conversation à son sujet, entendue dans les toilettes : « Tu mens sur ta véritable identité ». Il est mystérieux et je ne sais que très peu de choses sur lui. J'essaie de mettre un peu d'ordre dans les méandres de mon cerveau. Un : Arrêter d'éprouver des sentiments déplacés qui ne mèneront nulle part. Le *remake* de la fille en surpoids avec le dieu du rock est du domaine de la fiction ! Deux : Je vais devoir commencer un régime et faire de l'exercice. Il en va de ma santé, et j'en ai assez de me faire rabaisser par les autres !

Sur ces bonnes résolutions, je me glisse derrière le comptoir. Dan est en pleine conversation téléphonique. J'ai droit à un petit sourire timide. Il porte un jean savamment délavé qui descend bas sur ses hanches, accompagné d'une chemise noire de bonne facture, du blazer uniforme du concierge et d'un bracelet que je reconnais comme étant un Dinh Van. Ses manches sont remontées et mettent en valeur ses magnifiques tatouages. Et là, ça fait tilt ! Il aurait sa place dans un épisode de *Gossip Girl* avec son look qui dépasse largement le salaire d'un concierge. Merde ! Le large sourire de D signifie qu'il prend mon examen détaillé pour du flirt !

Chapitre 19
« Everything that kills me makes me feel alive »,
One Republic

Jaxson

Cette journée est vraiment merdique ! Je reçois un message avec les résultats de l'analyse demandée ce matin. Pas de coke ! C'est déjà ça, j'ai réussi à rester *clean*, même dans mon état pitoyable d'hier ! En plus, alors que les choses se présentaient mieux avec ma furie, il a fallu que l'autre pimbêche se ramène.

Pete a raison ! Et ouais ! Comme quoi tout arrive ! Depuis l'épisode d'hier, elle a perdu cette étincelle, ce feu sacré, en quelque sorte. Je sais qu'elle est unique. J'ai de plus en plus de mal à me convaincre que mon plan habituel fonctionnera avec ma furie. Je me souviens de la théorie, ô combien fumeuse, de Dan. Il me disait qu'un jour, je rencontrerais une soumise avec qui la symbiose serait telle, que la fuite serait physiquement impossible. Je refuse ce cas de figure, car les derniers semblants de sentiments que j'ai éprouvés pour une femme ont bien failli me détruire. Je suis le plan Séduire, Baiser, Détruire, Oublier, et fais comme si c'était encore possible ! Sa silhouette pulpeuse, son regard hypnotique et sa chevelure somptueuse que j'aimerais décoiffer, encore et encore ! Ses mots tournent en boucle dans mon esprit. « On n'est pas du même monde ! » Tu parles, ce que je m'en balance de mon monde ! Il y a Jax, le leader d'un groupe de rock qui joue le jeu avec les groupies en mode séducteur. Ensuite vient Jaxson, le fils drogué des Smith, qui fait honte à sa célèbre famille. Et enfin, viennent les autres facettes de ma personnalité exécrable. J'en ai ma claque que des gens bienpensants me collent une étiquette. Ils ne connaissent rien de mon passé ni de mes blessures.

Je me dirige vers l'ascenseur pour me rendre au studio. Il faut à tout prix qu'on soit au point pour demain. J'espère que Koll a réussi à se traîner jusqu'au studio. La dernière fois que je l'ai aperçu, je traînais une loque humaine dans un taxi. On se serait cru dans *Walking Dead* ! La différence avec son état habituel n'est pas énorme ! Les vikings dans son ADN ont dû merder quelque part ! Cette pensée me fait sourire jusqu'à ce que je stoppe net. Stones bouffe des yeux l'autre enfoiré. Je me comporte comme un gosse, mais si je ne l'ai pas, alors personne ne l'aura. Et surtout pas lui ! Heureusement, elle ignore d'où il vient, sinon elle saurait que son monde est aussi artificiel et détestable que le mien. Je dirais même que nous sommes des produits de cette très chère haute société. Il faut que je réfléchisse à un moyen de lui dire, sans lui dire. Si j'attaque direct genre « Dan est un putain de riche héritier », elle ne m'écoutera jamais et me rejettera une fois de plus. Je dois arrêter de penser à elle, sinon je vais finir en HP. Déjà que ma santé mentale déconne à plein tube !

J'entre dans le studio et constate avec satisfaction que la team est au complet. On va pouvoir se mettre au taf. Kyle est toujours remonté contre moi, si j'en crois son doux regard. Karl tripote son iPhone, comme d'hab. Koll reste fidèle à lui-même, complètement affalé sur son siège et les yeux dans le vague. Notre chanson *She's my drug* est pratiquement ok. On dit que les chansons qui sont écrites le plus vite sont toujours les meilleures. Il faut l'espérer ! *Let's go!*

— Les mecs, on se bouge ! dis-je en donnant une tape sur l'épaule de Koll, qui manque de tomber à la renverse.

— On n'attendait plus que toi ! rétorque Kyle d'un ton ironique en se postant face à moi.

— Tu as un problème, mec ?

Qu'est-ce qu'ils ont tous à me chercher aujourd'hui !

— Un sacré problème, je t'avais demandé une seule chose et tu n'en as fait qu'à ta tête, comme toujours !

— Occupe-toi de tes affaires !

— Justement, c'est ce que je fais !

Il me rentre dedans, ce qui a pour effet de réveiller notre belle au bois dormant nationale. Notre Koll se lève, se met entre nous deux et tente de nous raisonner :

— Hé les gars ! *Peace!* On… va… se calmer et… répéter. Après le concert, on devrait faire une retraite de méditation ou un voyage initiatique ! On doit se ressourcer, les mecs ! C'est important pour les chakras ! dit-il en mode Dalaï-Lama.

La tirade a eu l'effet escompté. Ce mec est vraiment tordant ! On est tous morts de rire.

— Allez, les mecs, on s'y met !

Nous passons toute l'après-midi à répéter, composer et écrire. La chanson est dans la boîte. Koll s'est occupé des arrangements avec brio. Ce mec a beau être complètement barré, il est vraiment super pro et maîtrise plus de dix instruments. C'est un surdoué de la musique à qui les portes du conservatoire de New York étaient grandes ouvertes, mais qui a préféré se la jouer rebelle en intégrant les Black Suits. Ses parents étaient loin d'être ravis. Bref, K a eu l'idée géniale d'ajouter du violon électrique à notre morceau, et il faut bien reconnaître que ça déchire. Je me moque beaucoup de lui, mais au fond, je le respecte. Il a toujours été là pour moi, même quand j'étais au plus mal, et il n'a jamais porté le moindre jugement. Il était là physiquement, même si son esprit devait flirter avec Buddha ! Avoir un ami quand on est au plus bas, c'est primordial pour guérir. Je me suis promis de ne plus jamais tomber si bas.

On a tous assez bossé pour aujourd'hui. Il est temps de redescendre dans le lobby pour inviter Stones à dîner. Mes dernières tentatives de rapprochement ont échoué lamentablement. Pour un maniaque du contrôle, ça ne le fait pas du tout ! On dirait que tout le monde s'est ligué contre moi pour que je n'obtienne pas ce que je veux : elle, sous moi, hurlant mon nom jusqu'à ce qu'elle ne puisse plus exécuter le moindre mouvement. Pour résumer, Kyle et Dan la veulent – enfin, pas encore sûr pour ce gendre idéal de Kyle –, Pete et Jake la protègent, et moi, je dois franchir les barrières érigées par cette fine équipe. C'est comme être bourré en faisant de la course de haies ! Stones consacre tant d'énergie à vouloir me détester, qu'elle me met à l'épreuve. Mais son caractère m'excite. Personne ne m'a jamais fait un tel effet. D'habitude, je serais déjà passé à autre chose, en moins de temps qu'il faut pour le dire.

Je suis dans mes pensées, quand ce très cher Jake débarque en mode guerrier. On dirait un de ces personnages de cartoon en colère, avec de la fumée qui leur sort des oreilles. C'est vraiment la Saint Jaxson *today* ! La meilleure défense étant l'attaque, je m'avance vers lui en le toisant :

— Que puis-je faire pour vous ? dis-je avec ironie.

— La laisser tranquille, tu n'es pas bon pour elle et tu le sais très bien, au fond de toi !

— Je te préviens Jake, c'est la première et la dernière fois que tu te mets en travers de mon chemin ! Ce que je fais ou ne fais pas ne te concerne pas ! Même si tu as embobiné mon frère. Tu te prends pour sa nounou ? C'est quoi ce putain de truc entre Stones et toi ?

— Tu ne pourrais pas comprendre !

— Je comprends juste que tu veux te la garder pour toi et la baiser tout en...

Je n'ai même pas le temps de finir ma phrase que son poing s'écrase sur ma joue avec une force qui me surprend. Pas question qu'il ait le dessus ! Je riposte avec plusieurs coups dans le visage. Je prends un pied monstrueux à lui refaire sa jolie petite gueule de *fashion victim*. Il pare mes coups avec adresse et rapidité. Kyle et Koll ont toutes les difficultés du monde à nous séparer. On a vraiment fière allure ; ma joue me fait un mal de chien, et il me semble voir un cocard apparaître sous l'œil du beau gosse, qui me regarde comme s'il attendait le deuxième round. Putain ! On dirait que j'ai foiré dans les grandes lignes. Pete va me tuer, sans parler de ma furie. Moi qui parlais de dîner avec elle ce soir, ça me semble compromis !

Chapitre 20
« Everything that drowns me makes me wanna fly », One Republic

Stones

Dan était si content que je ne lui tienne pas rigueur de ce qui s'est passé hier dans les toilettes – ça fait vraiment sordide, dit comme ça – qu'il a été aux petits soins avec moi pour le reste de la journée. J'avance bien sur le planning mis en place pour la préparation de l'événement de samedi. J'ai pu contacter les *guests* de notre fichier VIP grâce à l'aide de D. Il est crucial que la réception soit au courant du système de réservation qui sera mis en place pour l'événement. Je me dirige d'un pas décidé vers ce chef-d'œuvre design. C'est là que je vois Lucifer, en grande conversation avec ce qui me semble être Dalia, si je me souviens bien. Je suis alors surprise par un élan de jalousie qui me paralyse des pieds à la tête. On garde la tête froide, et on joue l'indifférence – enfin, autant que possible ! Il faut que je me fasse soigner de toute urgence ! Je prends mon courage à deux mains et j'avance. Ce mec odieux – vas-y, continue à te mentir ! – se retourne et je remarque un cercle rouge et gonflé sur sa joue. Je retiens ma main qui est attirée par son visage, comme un aimant. Mode Stones glaciale :

— On dirait bien que vous avez énervé quelqu'un, Monsieur Smith.

— Je me suis pris la porte du coffre, Stones. Tu pourrais au moins faire semblant de compatir à ma douleur, dit-il blessé, tout en massant sa joue.

— Je me disais juste que la liste des gens qui vous en veulent devait être extrêmement longue. Il faut dire que vos crises d'autorité et votre antipathie naturelle peuvent causer les réactions les plus excessives.

— Tu n'as pas idée ! Et maintenant que tu en parles, je serais heureux de te montrer l'étendue de mes talents, ce soir au dîner.

— Dîner avec vous ? dis-je avec dégoût.

— Oui, dîner ! Tu sais, ce moment où deux êtres civilisés partagent un repas !

— Je sais ce que signifie dîner, mais je ne veux pas dîner avec vous. Ni même parler avec vous, sauf dans le cadre professionnel et quand j'y suis obligée. Je pensais avoir été on ne peut plus claire ! dis-je furieuse.

— Je préfère te prévenir, je n'abandonne jamais !

— Grand bien vous fasse !

— Je ne demande que ça, Stones ! dit-il avec son sourire qui fait mouiller les culottes.

— Trêve de plaisanterie ! Avez-vous eu le temps de briefer la réception sur le système de réservation ?

— Oui, Stones, j'ai tout expliqué à Dalia, sauf pour les VIP, car c'est toi qui t'en charges. Je te retrouve à vingt-et-une heures ce soir pour dîner.

— Mais je disais que…

— À ce soir, Stones, dit-il avec autorité.

Putain, à chaque fois que je pense avoir le dessus, il arrive à me retourner comme une crêpe. Je me retourne vers Dalia, une petite brune pétillante qui ressemble à un ange de *Victoria's Secret* et qui me regarde avec un grand sourire :

— Eh bien, il me semble que tu aies fait une belle prise ! Stones, c'est ça ?

— Euh oui, désolée pour tout, dis-je mal à l'aise.

— Ne t'excuse pas, ce n'est pas tous les jours qu'on voit le grand Jaxson Smith se donner du mal pour une femme. C'est très distrayant ! déclare Dalia enchantée.

— Ce n'est pas ce que tu crois… C'est…

— De la passion, dit-elle avec malice.

— Mais non, on se déteste et il essaie de me manipuler.

— Tu verras, il ne se comporte pas comme ça avec toutes les filles. D'habitude, il recherche la facilité.

— Tu le connais si bien que ça ?

— Oui ! Je suis la sœur de Kyle ! Et lui aussi m'a parlé de toi. Tu es une légende ! dit-elle en riant.

— Je suis juste Stones ! On prend un café et je t'explique le process pour les VIP ?

— Avec plaisir ! Ensuite, je l'expliquerai aux autres. Tu as rabattu le caquet de Jax, je n'aurais raté ça pour rien au monde ! C'est moi qui t'invite !

— À ton service !

Nous passons une heure à discuter et à échanger sur le système de réservation et, accessoirement, sur nos vies. Nous échangeons nos numéros. C'est vraiment sympa de discuter sans pression, surtout après la journée que j'ai vécue aujourd'hui. Nous retournons à notre poste. Dan, toujours aussi souriant, me donne un cookie de réconciliation, comme il dit.

— Tu n'en veux pas, Stones ?

— C'est que j'ai décidé de commencer un petit régime…, dis-je gênée.

— Ce n'est quand même pas à cause de ma conversation avec J ? Tu sais bien que j'ai dit des conneries sous l'effet de la colère !

— Non… enfin… si ! C'était l'électrochoc dont j'avais besoin.

— Stones, tu es parfaite telle que tu es !

— Tu dis ça pour être gentil et j'apprécie beaucoup ce que tu essaies de faire, mais il faut que je me reprenne en main.

— Je te dis la vérité et j'ai aussi l'espoir que tu prennes un verre avec moi ce soir.

— Ce sera avec plaisir, mais avant, dis-moi qui tu es.

— Comment ça ?

— Tu oublies que j'ai tout entendu de votre charmante conversation, et tes vêtements coûtent deux fois mon salaire !

Un éclair de tristesse passe dans ses yeux.

— Ok, démasqué ! On termine dans une heure, on va prendre l'apéro et je te raconte tout – ou presque. Deal ?

J'acquiesce. Tout est quasiment ok, il faudra quand même que je m'installe ici jusqu'à l'événement, pour que tout soit parfait dans les moindres détails. C'est mon premier *event*, je ne peux pas me rater. Heureusement, Jake a pensé à tout et se dirige vers moi avec une valise préparée pour quinze jours, au moins. Il ne fait jamais dans la demi-mesure. C'est là que je remarque un cocard qui entache son magnifique visage. Je me précipite vers lui :

— Jake ! Que s'est-il passé ? Tu t'es fait agresser, mon pauvre chéri ?

Ça me rappelle que Jax aussi était pas mal amoché.

— Ce n'est rien, je me suis pris une porte, dit-il en essayant de sourire.

— Une porte qui s'appelle Jax ? Il ne fallait pas te battre pour moi, *I'm not worth it.*

— Bien sûr que tu en vaux la peine ! Rassure-toi, ma chérie, ça fait un moment que j'avais envie de lui en coller une ! Tiens ta valise, je t'ai mis le strict nécessaire pour ton séjour. Si tu as besoin de quelque chose, appelle-moi ! Je vois mon nouvel infirmier ! Je te laisse, j'ai une promesse à honorer. À plus, ma chérie !

Je souris en repensant à cette promesse, un véritable phénomène, ce Jake ! Je sens que Pete va passer une nuit agitée !

Chapitre 21
« Eye of the Tiger », Survivor

Jaxson

Je laisse ma furie en grande conversion avec mini Kyle. Je sens que je vais encore en prendre pour mon grade. Ma joue me fait un mal de chien, il faut bien reconnaître que la *fashion victim* sait cogner. Bon, on se remet au boulot ! Je vais rejoindre les autres pour répéter notre nouvelle chanson et les anciens titres. *She's my drug* sera le titre clé de notre premier album. On n'a pas le droit à l'erreur. Je retrouve les mecs, accompagnés de Dalia et Elia. Je ne crois pas pouvoir en supporter davantage aujourd'hui. Les Daelia, comme je les surnomme, sont un couple infernal qui me déteste et ne manque jamais de me faire remarquer quel connard je suis. Tout ça à cause d'un coup d'un soir avec Dalia ! Je planais tellement que j'aurais même pu me faire une licorne, si elles existaient. Les hostilités commencent quand elles se dirigent vers moi avec toute l'énergie négative dont elles sont capables :

— Ça va, Mister Arrogance ? me saluent-elles en cœur.

— Bonjour, les Daelia ! Dalia, j'espère que tu n'as pas dit trop de bien à mon propos à S. Tu risquerais d'avoir une indigestion, trop de chaleur dans un corps de reine de glace !

— Rassure-toi, elle n'a pas besoin de ça pour avoir ta personne en horreur. C'est tellement facile de te détester.

Je suis un connard, elle a raison. Je savais que ces quelques mots réveilleraient cette pétasse jalouse d'Elia. En même temps, c'est la faute de mon frère ! Il n'a engagé que des personnes qui me connaissaient. C'est une façon très habile de s'assurer que je suis rentré dans le rang. C'est comme si j'étais dans la CIA et qu'il m'avait blacklisté ! Et ce qui devait arriver arriva ! J'ai ma vengeance ! Tada !

— Quelqu'un va me dire qui est cette fameuse S ? Et plus vite que ça ! tonne Elia.

Tout le monde baisse la tête, on n'est pas suicidaire !

— Juste une nouvelle amie, je te la présenterai. Elle est super sympa et, en plus, elle a mis une veste à Jax. Dommage, je n'avais pas mon iPhone, sinon j'aurais immortalisé la scène pour me la repasser en boucle !

C'est officiel, toutes les personnes ayant un vagin m'en veulent à mort ! J'ai besoin d'une dose, vraiment !

— Tu ne t'en approcheras plus, putain ! décrète enfin Elia.

Ah oui, j'oubliais, elle parle comme un mec !

— Si je veux ! Tu n'as pas le droit de décider pour moi !

C'est le moment que choisit Karl pour dire qu'on a du taf. Il n'a pas tort, il faut qu'on règle les derniers arrangements. La mise en scène est aussi très importante, les entrées en scène originales sont un peu notre marque de fabrique. Une de nos idées les plus réussies était une arrivée en hydravion sur un lac… C'était un concert de folie. J'ai choisi d'installer cette scène amovible, car elle permettait toutes sortes d'excentricités. Ma tête fourmille déjà d'idées plus fantasques les unes que les autres. Je pense qu'on devrait jouer la sobriété, du genre arriver par la salle, en plein dans la tendance actuelle qui prône la proximité avec le public. Côté son et lumière, on a ce qu'il faut en interne avec Karl, qui est toujours à la pointe de la technologie. Il va assurer. Pour les costumes, c'est plus compliqué, car notre ex-styliste était aussi mon ex-dealeuse. Il ne faut pas tenter le diable. On dirait ma mère, quand je dis ça !

Après quelques heures de répétition, j'expose mon idée *Back to basics*. Ils ont tous l'air super enthousiastes. Karl nous éclabousse de termes techniques et Koll essaie encore de comprendre, en faisant le tri dans son esprit embrumé. J'explique aussi qu'on est short et qu'on n'a que trois jours pour trouver quelqu'un pour la conception de nos tenues de scène. Le sourire sarcastique de Kyle ne me dit rien qui vaille :

— Une personne dans ton entourage sort avec quasiment le meilleur styliste de Bruxelles, je pense que ça ne devrait pas poser de problème, si tu t'excuses…

— M'excuser ? C'est lui qui m'a cogné le premier !

— Tu sais très bien pourquoi. Si on n'était pas potes depuis des années, je m'en serais chargé moi-même. Lui faire autant de mal, juste pour te prouver que tu le peux, c'est vraiment cruel, même de ta part.

— Tu sais bien qu'il ne s'agit pas de ça ! Je… on m'a encore confisqué mes couilles, c'est officiel !

— Tu veux l'inscrire sur ton tableau de chasse et, comme d'habitude, tu ne penses qu'à toi. Mais là, tu n'as pas le choix, mec, tu vas devoir reconnaître tes erreurs pour une fois.

— J'ai dû merder dans ma vie antérieure pour subir les foudres du couple infernal et de la fratrie diabolique. Pfffff… Il y a une autre solution ?

— Non et tu l'appelles demain, on n'a pas la semaine ! dit-il tel un maître d'école à l'ancienne, avec une baguette pour taper sur les doigts.

La journée avait mal commencé, il faut croire qu'elle ne s'arrange pas. D'habitude, dans ces cas-là, la coke est mon unique refuge. L'équation est simple : l'air désapprobateur de Pete + la guerre psychologique de Dan + l'air renfrogné de Kyle + la haine affichée du couple Daelia + l'ex-femme diabolique + la droite de Jake à qui, en plus, je devrai faire des excuses = super journée ! Je ne parle pas de ma furie, car la chasse est tellement stimulante qu'elle me ferait presque oublier ma came. Enfin presque ! Par contre, j'avais zappé que je devais voir mon parrain. Je sens que je vais avoir droit à un remontage de bretelles en bonne et due forme. Jean a parfois des airs de Robocop avec sa voix monocorde, conséquence de millions de paquets de cigarettes.

La répétition était vraiment géniale. Quoiqu'il se passe, notre cohésion est telle qu'on ne fait plus qu'un, en communion avec la musique. Un coup d'œil à ma montre m'indique qu'il est temps de rejoindre Jiminy Cricket. Kyle me redit d'appeler Jake demain à la première heure. C'est bon, j'ai pigé ! Il est dix-neuf heures, j'expédie ça et je kidnappe enfin ma furie. Elle sera coincée et n'aura pas le choix. J'entre dans un salon de thé marocain. Il n'y a pas à dire, Jean aime les endroits insolites pour me faire ma fête. À en croire son air revêche, c'est ce qu'il s'apprête à faire. Je ne suis pas déçu quand il commence, puis s'en suivent des milliers de recommandations. En résumé, je ne devrais pas me mettre dans le genre de situations qui pourraient précipiter ma rechute. Quand je lui parle de Stones, il me jette un regard noir. Bien sûr, il ne sait rien de mes activités secrètes, sinon son regard serait un lance-flammes !

— Quand tu comprendras ce qu'elle représente, elle sera déjà loin avec un autre.

Sur ce, Monsieur Cricket tire sa révérence et me laisse à mes réflexions. C'est possible d'être plus énigmatique ? Il se plante complètement. Il faut juste que je la mette dans mon lit. Cela étant, je pourrais passer à autre chose et me concentrer sur mon business et ma musique. *Vas-y ! Peut-être que si tu le répètes encore et encore, tu finiras par t'en convaincre !*

Je suis en retard, je récupère ma caisse et mets le cap vers le *Wonderwall*. À mon arrivée, le concierge *desk* est désert. La réception m'apprend qu'elle est déjà partie. Dalia ne manque pas de m'assurer qu'elle n'était pas seule et que, de toute façon, elle n'avait pas accepté mon invitation ! Je lui demande si elle était avec un type tout droit sorti d'un défilé. Elle me répond que Stones était avec Dan. Et là, j'ai envie de ma dose, mais surtout de cogner ! Comme si je n'étais pas assez en rogne ! Il me faut un verre. Jiminy avait raison, elle est loin et avec un autre ! Dan veut se battre, on va se battre. Une bataille de dominateurs pour une potentielle soumise volcanique, ça promet !

Chapitre 22
« The Devil in I », Slipknot

Stones

Après cette journée d'enfer, prendre un verre avec Dan va me faire un bien fou, sans parler que je vais enfin satisfaire ma curiosité concernant son identité. Je monte dans ma chambre et opte pour un jean et un top fluide bleu nuit, clouté *by J*. Un peu de maquillage, j'arrange ma tignasse avec une tresse sur le côté et je suis prête. Mon reflet dans le miroir me plairait presque s'il n'y avait pas toutes ces rondeurs. C'est décidé : demain je vais courir. Je dois tenir mes bonnes résolutions pour une fois, si un jour je veux ressembler à quelque chose. Être entourée de tant de créatures qui semblent poser pour des magazines ne m'aide pas. Je me sens comme le vilain petit canard, surtout après l'épisode d'hier ! Je n'y pensais plus parce que j'étais débordée. Maintenant, c'est comme si tout me revenait en plein visage. Mes larmes commencent à inonder mes yeux, quand on frappe à la porte. On se ressaisit ! Dan me regarde d'un air soupçonneux. Eh oui, personne n'est dupe, même pas moi. Un morceau de Radiohead ferait une bonne bande-son pour ce moment :

— Hé, tu vas bien ? dit Dan en relevant mon menton pour que je le regarde dans les yeux.

— Oui, tout va bien.

— Stones, qu'est-ce qui se passe ? murmure-t-il, visiblement peu convaincu par ma réponse.

— Tout va bien, c'est juste un peu de fatigue.

— Je vais faire semblant de te croire, et tout faire pour que tu passes une bonne soirée.

Il m'adresse un sourire rassurant et me prend par l'épaule. Nous sommes dans sa Jeep noire – encore un indice qui prouve qu'il n'est pas celui qu'il prétend. La musique rythmée d'Imagine Dragons me détend instantanément. Nous nous retrouvons dans un décor surréaliste : une pharmacie transformée en bar à cocktail. Avec son gilet de costume et sa barbe de trois jours, D est parfaitement à l'aise. Comme j'aimerais être comme lui ! Ah oui, qui est-il ? J'ai failli oublier ma curiosité :

— Tu vas me dire qui tu es ? dis-je avec impatience.

— Droit au but, à ce que je vois ! Laisse-moi d'abord commander un remontant après cette dure journée ! dit-il en ricanant.

— Gin tonic !

— Une femme comme je les aime ! On devrait interdire ce genre de sourire ! Il va y avoir une émeute !

Je pique un fard et il a l'air satisfait de son petit effet. Sa main effleure ma joue si rapidement que je penserais l'avoir rêvé. Notre commande arrive, et il commence à me raconter froidement son histoire, comme si c'était celle d'un étranger. Une enfance dorée, un père absent, une mère partie trop jeune, un diplôme d'une grande université… Il y avait trop de pression, beaucoup trop de pression. Un jour, il a tout plaqué. Son père voulait l'utiliser pour reprendre l'entreprise familiale. Il voulait le mettre en avant devant les médias, tout en continuant de tenir les manettes dans l'ombre. Il savait que son pote Jax – à chaque fois que j'entends son prénom, mon sang se met à bouillir de manière incontrôlable – avait un projet à Bruxelles et il avait besoin de mettre les voiles. C'était l'occasion rêvée de prouver à son père qu'il lui était possible de vivre sans la célébrité et l'argent familial. Après son récit, une seule question me brûle les lèvres :

— Pourquoi tu ne m'as rien dit ? Cela ne change rien à ce que je pense de toi, tu avais déjà baissé dans mon estime hier ! Et ouais, mec, je ne vais pas te faciliter la tâche !

— Ton humour est vraiment unique ! À chaque fois que je donne mon nom, les gens changent d'attitude. Te trouvant face au fils du dirigeant de la Mecque de la technologie, j'avais peur que tu perdes ta spontanéité à mon égard…, dit-il en baissant la tête.

— Ne t'en fais pas, tu es toujours un enfoiré ! Un enfoiré riche héritier, mais un enfoiré quand même !

— J'apprécie !

On passe un moment génial, à refaire le monde et à se raconter des anecdotes sur la Turquie, un pays qu'il connaît étonnamment bien. Nous allons ensuite dîner dans un resto de burgers où je commande une salade. Eh oui, je mange une salade, comme les lapins ! Il essaie de m'en dissuader à maintes reprises en disant qu'il n'a jamais mangé d'aussi bons burgers, même aux States, mais je tiens bon. Je ne peux pas me permettre un écart dès le premier jour. Tout le monde n'a pas un corps d'Apollon.

— Ça te dirait de poursuivre la soirée dans un club, histoire de me montrer comment tu te déhanches avec ce corps superbe ?

Il est vraiment super doué pour donner la teinte rouge tomate à mon visage !

— Arrête ça ! De toute façon, après cette journée, je n'ai qu'une envie : regarder un film en pyjama dans ma chambre.

— Ça me va ! Je paie et on y va. Il n'y a pas à dire, ton programme me plaît davantage.

Encore ce sourire qui devrait être interdit ! Je me suis fait avoir en beauté !

— Je voulais dire seule ! dis-je en tentant de rester impassible.

— Allez, Stones, aie pitié de cet homme esseulé et triste. Je te laisse choisir le film et je me mettrai même en tenue...

— Pourquoi tout ce que tu dis sonne comme des sous-entendus ?

— Parce que ça en est. Je vais apporter ma tenue pour dormir.

— Ok, de toute façon, tu ne renonceras pas.

— Tu as bien fait d'accepter, sinon je campais devant ta porte ! Plus sérieusement, on va regarder un film et ce sera super sympa.

— D'accord, Monsieur Je-ne-renonce-jamais !

— À ton service, Madame Coriace !

— Touchée !

Sur le trajet, je suis super stressée. Aucun homme n'a jamais regardé un film avec moi dans une chambre, à part Jake. Et ce n'est pas vraiment la même chose ! Ce dieu grec aux yeux de la couleur de ma friandise préférée me fait un effet de dingue. Quelle lingerie je porte ? Mais pourquoi je pense à ça, aussi ? Il me regarde en me montrant qu'il m'a prise en flag. Très discrète, comme d'hab' ! Enfin, rien ne m'avait préparé au déluge d'un gang de beaux gosses, tous plus torrides les uns que les autres !

Mon analyse est interrompue par Dan qui coupe le moteur. Quand je vois Jaxson devant l'hôtel, qui me fusille du regard, une clope dans la bouche, je me souviens qu'il m'avait invitée à dîner. Après tout, ça lui fera les pieds et ça lui apprendra que je ne suis pas sa servante ! Il se dirige vers moi, mais Dan l'arrête. J'assiste à un combat de regards digne d'un western. Je ne suis pas d'humeur à supporter tout ça. En bonne lâche que je suis, je pique un sprint vers l'ascenseur, suivie de près par D, avant que Jax n'ait le temps d'articuler la moindre syllabe. Quand les portes se ferment, D et moi sommes pris d'un fou rire ! Totalement puérile, mais j'assume ! Mon regard capture son regard sombre et plein de désir. Il se jette sur moi tel un assoiffé qui aurait traversé le désert. Ses mains saisissent ma nuque avec autorité, il enfonce sa langue exigeante et explore ma bouche. Ses mains descendent petit à petit sur mes hanches dont il prend possession. Ce baiser, bien que torride, n'a rien à voir avec celui de Jax. Mais pourquoi je le compare à lui ? Arrière, Satan ! Il est doux et sucré, avec les notes gourmandes de son chewing-gum à la cerise. Il me déguste comme un mets délicat. Je me sens vénérée et en sécurité. C'est tellement agréable ! À bout de souffle, Dan se détache à regret :

— Ta bouche est simplement délicieuse.

— Merci ! Enfin, je suppose…, dis-je intimidée par notre proximité.

— C'est moi qui te remercie ! Et si on allait le regarder, ce film ! dit-il pour me laisser le temps de reprendre mes esprits.

Je me change. Je me dis qu'un pantalon de yoga et mon tee-shirt élimé des Rolling Stones feront l'affaire pour ne pas trop en dévoiler – ou plutôt pour en cacher le plus possible. Quand je reviens dans la chambre, j'écarquille les yeux à la vue de son torse sculpté, orné de magnifiques tatouages. Avec une nonchalance étudiée, il s'installe sur le lit et me montre la place à ses côtés.

— J'avais dit que je ramènerais ma tenue pour dormir. Comme je dors nu, je me suis dit que tu préférerais que je garde mon jean. N'aie pas peur ma belle, je ne mords pas, sauf si tu me le demandes gentiment.

Cette petite tirade a au moins le mérite de me détendre. Je sais, je suis dingue !

— Tu as bien fait pour le jean. Je pensais au film *N'oublie jamais* ? Il me semble que tu feras moins le malin ensuite.

— Viens dans mes bras, et je veux bien faire tout ce que tu veux !

— Tu viens vraiment de dire ça ? Je sens que travailler avec toi va être sympa.

— On commande un truc à grignoter ?

Mon regard noir le dissuade de poursuivre. Il lève les mains en signe de reddition. À la fin du film, nous sommes en piteux état, les larmes aux yeux – enfin, surtout moi. Ce film, c'est un peu de la torture, mais je suis sadique, je ne peux m'empêcher de le visionner encore et encore. Dan est trop mignon à essayer de faire comme si de rien n'était. Selon lui, il n'a pas pleuré, il est allergique, apparemment ! À quoi ? Je cherche encore ! Et il en profite :

— Tu viens me consoler ?

— C'est ça, ta technique ?

— J'ai plein de techniques, et je serais heureux de t'en montrer quelques-unes. Au fait, j'adore cette jolie tenue que tu portes !

Il me met sur ses genoux et m'embrasse tendrement. Un chapelet de baisers sur la nuque me couvre de frissons. Je suis tellement collée à son torse que je peux à peine respirer. Je sens son érection appuyer sur mes fesses. Mes mains explorent son torse de statue grecque pour vérifier que je ne suis pas en train de rêver. Dan pousse un grognement appréciateur. Soudain, nous sommes interrompus par des coups à la porte, ou plutôt par quelqu'un qui essaie de défoncer la porte. Pas de panique, je n'ai rien fait de mal, et on n'est pas dans un épisode de *Sons of Anarchy* ! Je me réfugie courageusement dans les bras de Dan.

— Je vais voir qui c'est, ma belle ! Ne bouge pas d'un pouce ! dit-il en m'embrassant sur la tempe.

J'entends la voix de Lucifer, hors de lui, et de Dan qui commence à s'énerver. Je perçois les voix, mais je suis trop loin pour comprendre ce qu'ils disent. Je passais un super moment et il a encore fallu que Lucifer joue les trouble-fêtes ! Je vais devoir les séparer, à nouveau !

Chapitre 23
« Numb », Linking Park

Jaxson

Je ressemble à quelqu'un qui s'est échappé d'un hôpital psychiatrique. Au départ, j'étais déjà furax quand j'ai réalisé que ma furie – oui, j'ai bien dit « ma » ! – m'avait faussé compagnie avec cette enflure de Dan. Quand je les ai vus revenir, j'ai eu besoin d'un shot de vodka pour réussir à avaler qu'elle s'était enfuie. Jamais personne ne m'a traité comme ça. Elle n'est pas comme les autres, au cas où je l'ignorais encore ! J'étais à deux doigts d'appeler mon ex-dealeuse/styliste, quand j'ai eu la fabuleuse idée d'aller régler mes comptes avec mon pote D. J'ai pris mon pass. Oui, je sais, ça n'est pas légal, mais je m'en cogne ! De toute façon, Dan met toujours sa musique à s'en éclater les tympans ! J'ai ensuite foncé vers la chambre de ma furie. Si je le trouve avec elle, je vais lui montrer ce qui se passe quand on s'empare de ce qui est à moi. Je tambourine comme un malade à sa porte. J'entends du bruit, je suis sûr qu'il y a quelqu'un ! C'est là que cet enfoiré de Dan ouvre la porte torse nu. Je vais me le faire !

— Qu'est-ce que tu fous là ? Je croyais avoir été clair.

— Moins fort ! Je veux être avec elle, c'est clair et je te l'ai déjà dit. Tu connais nos règles ?

Bien sûr que je les connais, c'est pour cela que je ne peux pas lâcher l'affaire. Une fois officiellement à lui, je ne pourrai plus l'avoir. Elle a fait son choix, je veux la protéger, m'occuper d'elle et faire plein d'autres choses dont tu ignores le sens !

— La dominer ! Tu crois que je suis né de la dernière pluie ?

— Seulement si elle y consent, je ne la forcerai à rien !

— Comme si c'était possible, tu as vu ce qu'elle a en elle !

Je le pousse, il me barre le passage. Je vois ma furie avec un pantalon qui moule ses jolies jambes et ses cuisses, complété par un tee-shirt des Stones déchiré. Une vision d'ange rebelle ! Elle baisse la tête, l'air effrayé. Je suis à l'étroit dans mon jean, tant cette posture m'est familière. J'ai envie de la protéger, ce qu'un dominant fait pour sa soumise. Je veux régler le moindre de ses problèmes, tout savoir d'elle. Ok, la contrôler ! Elle ne reste pas effrayée longtemps. Quand elle réalise que je suis là, la peur laisse place à la fureur, je suis dans le pétrin !

— Dégage ! Ton petit jeu ne m'intéresse plus ! J'ai déjà donné, et je veux qu'on s'en tienne à des relations professionnelles ! S'il te plaît, laisse-moi tranquille. Je n'en vaux pas la peine et je ne suis pas de taille à supporter ça ! dit-elle les larmes aux yeux.

— Stones… d'accord, on arrête de jouer ! dis-je en essuyant ses larmes.

— Tu me promets de me laisser tranquille ?

— À une condition ! Tu acceptes de passer la journée de demain avec moi, toute la journée ! Si après ça, tu n'as pas changé d'avis, je te laisserai tranquille.

Menteur, comme si ton corps te laisserait faire !

Elle semble encore plus paumée. Qu'est-ce que j'ai encore foutu ? Et pourquoi je suis au trente-sixième dessous rien qu'à l'idée de ne pas réussir à la faire changer d'avis ? Dan s'interpose :

— Tu n'es pas obligée d'accepter, ma belle ! déclare-t-il en lui caressant les cheveux, ce qui m'horripile au plus haut point. Il reste calme et la rassure, tout l'opposé de moi !

— Un seul rendez-vous et ce petit jeu sera fini pour de bon ! Dan, je suis désolée, mais si c'est le prix de ma tranquillité…

Elle ne mâche pas ses mots.

— Ok, tu ne le regretteras pas !

— Je ne suis pas du même avis. Maintenant, j'ai besoin de dormir. Si tu pouvais me laisser.

— Ok, je passe te chercher à dix heures pour le petit déjeuner. Tu viens, Dan ? Si je ne reste pas, il ne reste pas !

Un vrai gamin !

— Puisqu'il le faut ! La journée de demain va être géniale, je le sens !

Dan l'enlace et l'embrasse sur la tempe pour lui dire bonne nuit. J'ai juste droit à un signe de la main avec un regard exaspéré en prime. Ça me fout en rogne, je dois bien l'avouer ! J'emmène Dan vers la sortie, ça commence à bien faire. En fermant la porte, je sens déjà que Dan est prêt à en découdre :

— Tu étais vraiment obligé de lui forcer la main ?

— Oui ! Tu te souviens quand tu parlais de *la* soumise ? Celle avec qui ce serait si fort que je ne pourrais pas m'éloigner d'elle ?

Cela le trouble, c'est déjà ça !

— Tu n'es pas bon pour elle et tu le sais parfaitement. Si tu n'étais pas venu nous déranger, elle dormirait dans mes bras à l'heure qu'il est…

— Tu l'aurais baisée, tu veux dire. Je te connais, tu es exactement comme moi !

— C'est là que tu te trompes. Rien que dormir avec elle, c'est tout ce que je voulais pour ce soir. Elle est différente…

— Oui, bien sûr, tu sais bien qu'on ne dort jamais avec nos soumises !

— C'est peut-être ça, le problème. Tu vas la détruire, si tu la traites comme les autres. En tout cas, tu es prévenu, je vais me battre pour elle !

— C'est ça, essaie toujours !

— C'est ce qu'on verra !

— Si seulement j'étais sûr que tu voulais passer avec elle plus que quelques nuits pour assouvir des fantasmes pervers !

— Dit Monsieur Je-ne-pense-qu'à-l'attacher-sur-une-croix-de-Saint-André…

— Bien que cette conversation fût très agréable, je vais me coucher. Bonne nuit, Monsieur Shibari !

Je lui dis au revoir d'un signe de la main, même si j'aimerais mieux la lui mettre dans la gueule. Je sais très bien qu'il a de l'avance sur moi et qu'il dispose de qualités que je n'aurai jamais, la patience étant la principale. Il a su attendre que ma furie baisse sa garde et lui donne accès à une partie de son être. Il sait garder son calme en toutes circonstances et lui laisser l'espace nécessaire pour s'épanouir. Si je suis honnête avec moi-même – et oui ça m'arrive ! – je dois admettre qu'il est bien meilleur pour elle que je ne le serai jamais. Moi, je veux être le centre de son univers, y régner. Séduire, Baiser, Oublier, Détruire ! C'était une idée de génie ! Mon plan reste le même ! *Eh oui, tu essaies encore de t'en convaincre !*

Assez réfléchi ! Il faut que je fasse des prouesses pour lui concocter une journée qu'elle n'oubliera pas de sitôt. Commençons par le commencement ! Je laisse un message à Pete pour lui demander une journée de congé. Après tout, Stones a été tellement efficace que tout est déjà quasiment ok pour samedi. Il me répond d'un « Ok » sobre et net. Quelque chose me dit que P est en galante compagnie avec la *fashion victim*. Je note dans un recoin de mon cerveau qu'il ne faut pas que j'oublie de l'appeler demain. Je suis complètement dépassé, D avait raison. Je ne sais même pas ce qu'elle aime ou ce qui pourrait la faire vibrer. Pour le petit déjeuner, pas de soucis, j'ai déjà une idée géniale. Je pense articuler le reste de la journée sur ce qu'on aime tous les deux. La seule chose dont je suis sûr, c'est que sa religion est la même que la mienne : le rock'n'roll. Dans mon cas, on rajoute *sex and drug*, mais c'est quand même un point de départ. Je sais déjà où aller !

Chapitre 24
« Black », Pearl Jam

Stones

Cela fait dix minutes que je tourne en rond comme un hamster dans sa roue, les larmes aux yeux. Impossible de me calmer ! Il faudra pourtant que j'y parvienne, sinon, des hommes en blanc vont débarquer. La camisole existe-t-elle en version strass et cloutée ? Je ne sais toujours pas ! Mais qu'est-ce que je raconte ?

Mais au fait, Lucifer m'a vue habillée comme ça. Le fait qu'il soit entré dans ma chambre alors que j'étais en charmante compagnie me gêne au plus haut point et je ne sais même pas pourquoi. *C'est ça ! Continue de te mentir !* Je passais un moment torride avec un apollon super sexy, maître dans l'art du flirt et il a fallu que l'autre enfoiré me casse mon coup. Je ne sais plus du tout où j'en suis ni ce que je dois faire. Mes années de désert affectif ne m'ont en aucun cas préparé à ça. Dans toute ma vie, j'ai dû avoir trois mecs qui s'intéressaient à moi. J'ai couché avec deux d'entre eux et c'était loin d'être mémorable. Je m'égare. Si ça se trouve, c'est vraiment un pari de gosses de riches qui s'ennuient tellement qu'ils jouent avec la vie des autres. Non, Dan ne ferait jamais ça… Enfin, je crois ! J'ai plus de doutes en ce qui concerne Jax. Je deviens dingue, je n'arriverai jamais à dormir, surtout dans l'état où je suis à cause de Dan. Trop de tension sexuelle ! Je vais aller faire un jogging, ainsi, je me viderai la tête et brûlerai des calories – au moins une ! C'est déjà ça.

Je change de pantalon pour mettre un legging de course et enfile des chaussures de running. Mon petit Jake s'est même souvenu de ma dernière résolution en date : me mettre au jogging ! Je descends par l'escalier de service pour ne croiser personne et commence à courir. Je dois vraiment être folle à lier pour courir en pleine rue à deux heures du mat'. Je vais me retrouver dans la rubrique des faits divers, ça ne va pas traîner ! Après trente minutes de course en mode parano, je ressemble à un poulet trop cuit. Mes poumons me brûlent. Je sens que ma remise en forme va être difficile. Ça a pourtant l'air simple, quand on voit les photos avant/après des régimes à la TV. J'ai envie d'un brownie géant au chocolat avec une boule de glace au caramel. Stop ! Si je mange ma pâtisserie favorite après chaque séance de jogging, je vais prendre du poids plutôt qu'en perdre ! Je pensais que ce moment me défoulerait et que tout serait plus clair, mais il n'en est rien. Je suis tellement déphasée que je me mets à pleurer en pleine rue.

Je remonte dans ma chambre en passant par la réception. C'est calme et paisible, heureusement, car ce n'était pas le moment de tomber sur quelqu'un dans un tel état émotionnel. Arrivée dans ma chambre, j'y trouve un message « J'ai adoré cette soirée, j'ai encore le goût de tes lèvres sur les miennes. Je t'en promets des milliers d'autres » accompagné d'une sublime rose carmin. État émotionnel de neuf et demi sur l'échelle Stones ! Je prends une douche pour me calmer, ce qui ne fonctionne pas vraiment. Et là, je fais ce que je m'étais promis de ne pas faire ce soir, j'appelle Jake en pleurant comme une petite fille alors qu'il passait la soirée avec Pete. Être mon meilleur ami est manifestement un job à plein temps. Il me dit qu'il est à l'hôtel et qu'il arrive tout de suite. Dix minutes plus tard, mon meilleur ami arrive avec son sac. Il me prend dans ses bras et le soulagement est immédiat.

— Alors, que se passe-t-il, S ? dit-il de sa voix douce.

— Trop de choses, je n'en peux plus.

Je me jette sur sa bouche et lui donne un baiser complètement désespéré. Il a le goût réconfortant de la maison. Ça me fait un bien fou. Il me rend mon baiser avec fougue et j'entoure mes jambes autour de sa taille. Il s'assoit sur le lit et me regarde dans les yeux en remettant une mèche derrière mon oreille :

— Alors, que s'est-il passé pour que j'aie droit à ce que tu me refuses depuis tant d'années ?

— Je suis désolée ! Je me sens complètement dépassée par les événements d'aujourd'hui !

— Ne sois pas désolée, tu peux te défouler sur moi autant que tu veux. J'adore !

— Je croyais que tu étais bi avec un grand plus pour les mecs.

— Oui, mais toi, c'est spécial. Depuis le temps que je te dis qu'on ferait de sublimes *sex friends* ! dit-il en rigolant.

— C'est vrai que c'était plus que pas mal ! Alors, Pete ?

— Il risque d'avoir quelques difficultés à marcher demain ! Il a vraiment un cul à se damner !

— Oula, trop d'infos ! Je veux dire, grand amour ou petite friandise ?

— Friandise… C'est vrai que Pete est une délicieuse friandise. Je ne sais pas s'il accepterait mon mode de vie et je ne sais pas si je pourrais me contenter d'une seule « friandise ».

— Un jour, il faudra bien ! dis-je résignée.

— Seulement si je le décide, S ! Au fait, ça fait dix minutes que tu essaies de noyer le poisson. Qu'est-ce que cet enfoiré a encore fait pour te mettre dans cet état ? Je l'avais pourtant prévenu, je pensais avoir été convaincant !

— Ça, on peut le dire ! Résumé de la journée : beaucoup de taf, soirée avec Dan, flirt poussé ici même avec Dan, Jax qui débarque furax. Ah oui, j'oubliais ! Lucifer a réussi à me convaincre de passer la journée de demain avec lui !

— Je ne comprends rien, ma chérie, reprends plus lentement et respire ! Tu es avec Dan ? Pourquoi, dans ce cas, passerais-tu la journée avec Jax, alias Lucifer ? Je ne pensais pas que c'était ton genre, mais j'approuve. Dans ton résumé, tu oublies notre baiser torride ! Tu deviens une petite dévergondée, comme moi ! J'adore !

— Je ne sais pas si je suis avec Dan, on n'a pas eu le temps d'en parler, car Jax a débarqué. Il m'a dit qu'il me laisserait tranquille si je passais une journée avec lui. Je suis perdue, je ne sais même plus si c'est un pari ni pourquoi j'ai deux hommes sur le dos ! Peut-être que tu as raison, je suis une dévergondée, le pire, c'est que ça ne me gêne même pas ! On est dans une autre dimension, ce n'est pas possible !

— *No stress!* Tu as le droit d'être celle que tu t'es toujours interdit d'être. Ton manque de confiance en toi te pousse à penser que c'est un pari. J'ai vu le regard que te portent ces deux apollons, et si tu veux mon avis, ce n'est pas un pari. Ils te veulent vraiment. Tu es sexy, belle et hautement désirable, il faudra t'y faire ! Tu te sens mieux maintenant ?

— Oui, merci d'être là et désolée d'avoir gâché ta soirée ! dis-je en baissant la tête.

— Tu rigoles, j'ai été super bien accueilli ! Recommence quand tu veux !

— Tu veux bien dormir ici ? Jax vient me chercher à dix heures.

— Tu sais bien que je ne peux rien te refuser, *darling* !

Je tombe de sommeil dès que je pose la tête sur mes deux oreillers réglementaires. Je me sens en sécurité dans les bras de J et ne pense pas à demain ni à Dan… Je ne pense plus à rien ! Je fais un rêve bizarre où j'assiste à un match de catch entre Dan, Jax et Jake, affublés de costumes rose fluo.

Je suis encore dans les méandres de mon sommeil quand j'entends des tambours, ou plutôt, quelqu'un qui s'acharne encore sur ma porte. Personne ne me dérange le matin sans en subir les conséquences. L'étreinte de Jake se resserre, et il laisse échapper un grognement. J'essaie de m'extirper de mon cocon pour regarder l'heure. Putain, il est dix heures et quart ! J'essaie tant bien que mal de mettre de l'ordre dans ma crinière et je m'avance vers la porte au radar. Une créature surnaturelle me fait face, toute floue, car sans lunettes, je ne vois rien. J'arrive quand même à distinguer la carrure athlétique et le perfecto de Lucifer.

Chapitre 25
« Bring me to life », Evanescence

Jaxson

J'ai assuré comme un dingue pour concocter une journée de rêve à Stones, avec l'aide de mon fidèle acolyte, Lee. Bon d'accord, il a fait tout le boulot ! J'étais juste le créatif du projet. Mon cerveau était quand même en surchauffe, je n'ai presque pas dormi. C'est dans cet état d'esprit que je me dirige vers la chambre de ma furie, en affichant le sourire débile du mec qui se rend à son premier rencard. Je tambourine à la porte, personne ne répond. Elle n'a quand même pas fait ça ! Un lapin, on ne me l'a jamais fait, alors deux fois de suite… Elle ne sait pas à qui elle a à faire ! Je ne me suis pas donné autant de mal pour rien ! Je suis conscient que je fais un boucan à réveiller les morts, mais je ne partirai pas d'ici sans elle ! En parlant de mort, ma furie ouvre la porte tout ensommeillée, version zombie. Ses yeux à demi-ouverts me regardent comme si elle faisait du repérage pour m'envoyer un missile sur la gueule. Je ne peux m'empêcher de penser que je la réveillerais bien avec ma langue entre ses jambes, en me délectant de son goût inconnu. À en croire l'excitation qui m'envahit, elle est délicieusement sexy comme ça. Au lieu de lui dire ça, ou quelque chose d'approchant, mon côté arrogant revient au galop :

— Tu n'es pas encore prête, j'avais dit dix heures ! Je ne vais pas me faire arnaquer, j'avais dit une journée complète !

Maintenant, c'est sûr, elle est réveillée ! Elle me fusille du regard et grogne comme un chiwawa qui n'aurait pas eu sa dose de croquettes !

— Il est dix heures quart, Monsieur Smith, vous êtes en retard ! Laissez-moi le temps de me préparer. D'ailleurs, cela m'aiderait beaucoup si vous me disiez où nous nous rendons !

— Une tenue décontractée fera l'affaire, et par pitié, pas de Monsieur ! Eh oui, ce mot a tendance à réveiller un peu trop mon excitation… Tu m'offres un café ? dis-je avec mon sourire de gendre idéal.

— Non ! dit-elle paniquée. Je ne serai pas longue, attendez-moi ici !

Son regard vers le sol m'indique qu'il y a quelque chose qu'elle ne veut pas que je voie. Je force le passage et me prends une claque en pleine gueule. Dieu me punit pour ma manière de traiter les femmes jusqu'à maintenant, ce n'est pas possible autrement ! Elle se comporte exactement comme je l'aurais fait, mis à part le fait que je n'aurais pas éprouvé la moindre gêne ! C'est beaucoup moins drôle d'être de l'autre côté ! Je me doutais que je devais me méfier de ce type, leur relation était beaucoup trop ambiguë. C'est Pete qui va morfler, sans parler de moi !

— Qu'est qu'il fout là ? D'abord Dan, ensuite cet enfoiré ? Cette chambre est un véritable hall de gare ! Alors, il va dégager de ta chambre, tout de suite !

— Jaloux ? dit-elle avec un regard plein de malice.

— Bien sûr que je suis jaloux ! Tu autorises aux autres un tas de choses que tu me refuses, alors qu'on sait très bien, toi et moi, que tu m'appartiens ! En plus, tu m'as posé un lapin pour aller dîner avec Dan. Alors oui, je suis jaloux ! Habille-toi, je t'emmène dans un rêve !

— J'ignorais que vous étiez un rêveur, mais je ne vous appartiens pas !

Le « vous » révèle malgré moi mon excitation. Ses yeux m'enflamment. Elle essaie de lutter, mais nous savons tous les deux que la tension est bien trop forte pour être ignorée.

— J'en ai pour dix minutes. Je dois réveiller Jake, il a encore plein de choses à faire à l'atelier !

Je soupire en la voyant caresser doucement les cheveux de Jake. Je me surprends à vouloir être à sa place. D'habitude, rien que l'idée m'aurait donné envie de vomir. Il se réveille et s'étire. Allez, debout là-dedans, petit enfoiré ! Je me demande ce que Pete lui trouve. En même temps, j'aime les femmes, donc je ne peux manifestement pas comprendre ! Il me regarde, me fait un clin d'œil et enlace tendrement ma furie en lui donnant un baiser dans le cou. Je sens que je ferais mieux de me calmer, je ne tiens pas à la rendre furax une fois de plus. Il sort du lit en boxer. Putain, pourquoi il est en boxer ? Apparemment, il n'y a que moi pour trouver ça anormal ! Il s'habille et dit « Au revoir, ma chérie » en la prenant de nouveau dans ses bras et m'adresse un regard d'avertissement genre « si tu lui fais du mal, je te tue ». Cette marque de possession m'énerve au plus haut point. Il s'en va en claquant la porte et sans m'adresser la parole, ce dont je lui suis infiniment reconnaissant.

Stones se dirige vers la salle de bain tandis que je me laisse tomber sur une chaise. La partie s'annonce plus compliquée que prévu et ma furie ne va pas me faciliter la tâche. J'entends l'eau de la douche et je n'ai qu'une envie : la plaquer contre la vitre en la pénétrant, sans lui laisser le temps de prononcer un seul mot. Elle serait tellement trempée qu'elle s'abandonnerait à son excitation et gémirait mon prénom comme une litanie. La douce mélodie de ses gémissements s'accorderait parfaitement à mes coups de butoir et au doux son des fessées que je lui prodiguerais. L'harmonie parfaite ! Mon érection ne va pas se calmer comme ça, relax ! Déjà qu'elle a accepté de sortir avec moi uniquement sous la contrainte ! Je suis un autre homme depuis que je l'ai rencontrée, et je ne suis pas sûr que ça me plaise. Elle me rend faible. Je ne peux pas le permettre ni l'éviter. Je suis coincé à cause d'une putain de bonne femme, et c'est une situation inédite.

Stones sort enfin de la salle de bain. Ses cheveux bouclés, que j'aimerais empoigner encore et encore, sont humides. Ses yeux me fixent avec un mélange de gourmandise et de défi. Elle porte un perfecto en cuir noir, un jean qui ne cache rien de ses sublimes formes et des boots noires. Une vision ! Mais qu'est-ce que je raconte encore ! Je suis en hypoglycémie, hyposexémie ou un truc du genre ! Ça me retourne le cerveau ! Je lui souris encore comme un véritable abruti et émets un vague « Prête ? » Je ne lui laisse pas le temps de changer d'avis et saisis sa main pour l'emmener vers ma caisse. J'arrive enfin à me détendre au volant de mon petit bijou. Il va bien falloir qu'on communique, sinon je n'arriverai jamais à mes fins, et ce n'est pas envisageable :

— Bien dormi ?

— Où allons-nous ?

— Est-ce que tu réponds toujours aux questions par d'autres questions ?

— Seulement avec vous ! Parce que je sais que mes réponses ne vous intéressent nullement.

— Qu'ai-je fait pour te faire une si mauvaise impression ?

— Dois-je vous rappeler l'épisode des toilettes ? Sans parler du fait que vous vous comportez constamment comme si tout vous était dû.

Ok, un point pour elle !

— De plus, je pense toujours qu'il s'agit d'un pari, sinon je ne vois pas pour quelle raison un homme comme vous s'intéresserait à moi ! dit-elle furieuse.

— Qui t'a blessée au point de croire que seul un pari pourrait pousser un homme à te désirer ? Je suis encore désolé pour l'épisode des toilettes, mais que faut-il que je fasse pour que tu me fasses enfin confiance ? Je ne vois qu'une seule solution, on devrait repartir à nouveau à zéro et faire connaissance.

Elle semble enfin baisser la garde, il était temps !

— Ok, je veux bien essayer ! De toute façon, je me suis engagée à passer la journée avec vous. Alors, je répète : où allons-nous ?

— C'est une surprise.

— Je ne suis pas sûre qu'on aime le même genre de surprise !

C'est ce qu'on va voir, chérie !

Chapitre 26
« Learn to fly », Foo fighters

Stones

Je me sens de plus en plus perdue ! Je ne sais plus quoi penser de ce qui s'est passé avec Dan, et ensuite avec Jake. Je me transforme en Mrs Hyde et je ne suis pas sûre d'apprécier la métamorphose. Finalement, tout ça, c'est peut-être dans mes gênes. On en vient au sujet le plus tabou de mon existence. Mes parents sont libertins et ont toujours prôné l'amour libre. Je l'ai appris alors que j'étais adolescente, lors d'un conseil de famille tout sauf traditionnel. Mes parents n'ont honte de rien, et surtout pas d'eux-mêmes. Parfois, je les envie vraiment. Depuis que je suis au courant de leur mode de vie, je ne cesse de lutter contre ce modèle. Au début, mon esprit naïf d'adolescente pensait qu'ils étaient entrés dans une secte et qu'ils allaient finir par en sortir. Pour ma part, je suis une romantique. Je crois au grand amour unique, au grand désespoir de mes parents qui ont une devise assez particulière et imagée. « Pourquoi se contenter d'un seul carré de chocolat quand on peut s'offrir la tablette ? » Dans cette famille de dingue, je suis un peu la rebelle de l'histoire. Mais, dans mon cas, rebelle signifie sage et conformiste. Du moins, jusqu'à maintenant ! L'ironie a voulu que ce mode de vie particulier m'offre un meilleur ami en or : Jake. Nos parents se voient souvent et c'est ainsi que nous nous sommes rencontrés. Apparemment, ils seraient amis « ++ ». On est un peu comme une famille d'un drôle de genre. Pour résumer, quand ils sortaient le samedi, Jake et moi on se faisait une overdose de *Gossip Girl* et de cochonneries en tout genre. Mon meilleur ami a naturellement adopté le libertinage. Il n'a cessé de me pousser à essayer, arguant que c'était vraiment l'extase en tous points : la liberté à l'état pur.

Mes émotions sont une vraie tornade quand nous arrivons dans ce qui semble être un aéroport. On passe les contrôles de sécurité en un clin d'œil. Apparemment, les règles s'appliquent à tout le monde, sauf à Lucifer. En parlant de *Gossip Girl*, c'est comme si j'étais Blair Walldorf qui s'apprêtait à partir en voyage en compagnie de Chuck Bass. Jax est définitivement aussi dangereux que ce cher Chuck, et il m'attire comme un aimant. J'aimerais m'entourer d'une forteresse virtuelle comme je le fais d'habitude, mais il détruit chaque barrière comme un bulldozer, en un seul regard. Je suis interrompue par cette irrésistible tempête turquoise qui m'a prise en flagrant délit d'examen de conscience. Je me fige en remarquant un jet couleur acier sur le tarmac. Moi, Stones, qui voyage d'habitude en classe éco entourée de familles et d'enfants qui pleurent, je vais voyager en jet privé. Je dois avoir triste mine, puisque Jax me fixe et me ferme la bouche d'un doigt en soulevant mon menton :

— Un problème, S ? Et puisque nous allons voyager ensemble, tu vas me faire le plaisir de m'appeler Jax, sauf si je te demande de m'appeler autrement, dit-il avec un clin d'œil en attrapant ma main.

— Où allons-nous ? dis-je en la retirant dans une pitoyable tentative de garder le contrôle.

— Tu n'es décidément pas très obéissante chérie, mais nous allons arranger ça. Ce ton autoritaire et ce petit surnom m'excitent à mort malgré moi !

Sans me donner le temps de trouver une réplique, il me soulève et je me retrouve la tête contre son torse musclé. N'importe quelle femme digne de ce nom se sentirait à l'aise dans ce genre de situation, mais pas moi. Moi, je ne pense qu'à ces foutus kilos en trop, encore une fois !

— Lâche-moi, je suis trop lourde ! dis-je furax qu'il m'humilie à ce point.

— Tu sous-estimes clairement ma force, ma puissante musculature pourrait porter deux femmes comme toi, dit-il avec son sourire arrogant habituel.

Je suis tellement honteuse, car dorénavant, il sera impossible de faire illusion. Il sait que mon poids est équivalent à celui de deux de ces groupies qui fréquentent son lit. Cette image me met étonnamment hors de moi. La jalousie est vraiment sournoise, parfois ! On récapitule : je suis dans les bras du leader d'un de mes groupes de rock préférés et je m'apprête à voyager dans un jet privé. Il y a forcément une erreur, c'est la vie de quelqu'un d'autre ! J'essaie encore de canaliser le maelström d'émotions qu'il déclenche en moi, lorsqu'il me dépose sur un siège en cuir noir. J'écarquille les yeux et découvre un fabuleux décor. On se croirait dans la suite d'un palace. Les sièges sont en réalité des fauteuils confortables et stylisés comme des chesterfields, les tables sont faites des bois les plus précieux, les couleurs sombres conviennent parfaitement à la personnalité de Lucifer. Avant de me lancer dans un article digne d'un magazine de déco, Jax interrompt mes pensées :

— Tu vois, chérie, je peux être un prince charmant quand tu te laisses apprivoiser par mes talents, ironise-t-il.

Heureusement qu'il ne peut pas lire dans mes pensées, car je pense à un tout autre genre de talent !

— Toi, un prince charmant ? Je te verrais plutôt comme le côté obscur de la force, genre Dark Vador. Tu serais pas mal dans le costume, d'ailleurs. Au fait, tu vas me dire où on va ?

— Des références à *Star Wars* ? Tu sais toucher mon âme ! Serait-ce un compliment, chérie ? J'ai envie de lui faire ravaler son attitude mielleuse une fois pour toutes !

— Tu vas me dire où on va ?

— Tu le sauras en temps voulu ! Maria, apportez-nous deux Gin tonic avec du citron vert, et Ed, nous sommes prêts pour le décollage. Défense d'annoncer la destination à mon invitée, même sous la torture.

Ce qu'il vient de dire n'a pas l'air de perturber ce cher Ed, le pilote, qui se dirige vers le cockpit. Maria, superbe beauté latine, dépose mon Gin devant moi, avec un grand sourire aux lèvres. Miss Aviation avec ses longues jambes et son corps athlétique doit être habituée aux frasques de son patron si j'en crois le clin d'œil malicieux qu'elle lui adresse. Je me demande s'il a déjà partagé son lit. Mais pourquoi je me pose cette question ? Allez, Stones ! Une journée, et il me laissera tranquille ! J'ai de plus en plus de mal à me convaincre que c'est réellement ce que je souhaite. Je fixe le regard de Lucifer qui s'assombrit comme si j'étais la proie d'un cruel prédateur. Un mélange de peur et d'excitation m'envahit :

— Maria, vous pouvez disposer et veuillez ne pas nous déranger jusqu'à l'atterrissage ! dit-il d'une voix autoritaire.

Elle acquiesce et se retire, à son grand regret, dans le cockpit. D'un seul regard, il réussit à me déstabiliser et à faire frémir tout mon être. Il s'avance vers moi et me soulève pour m'asseoir à califourchon sur ses genoux avec une force qui ne permet pas la moindre contestation. C'est le moment de vérité, il me tient si fermement que je ne peux plus m'échapper :

— Maintenant, on arrête de jouer, chérie ! Tu vas devoir être honnête et accepter que tu es déjà trempée de désir pour moi, autant que je bande pour toi !

Dire que je suis trempée est un euphémisme ! Ma culotte doit encore être foutue !

Il n'attend pas mon signal pour fondre sur mes lèvres. Sa langue envahit ma bouche de sa délicieuse saveur de Gin et de citron vert. Il prend possession de mes lèvres comme pour effacer tout baiser qui ne serait pas le sien. La puissance de son érection appuie déjà délicieusement sur mon bouton de plaisir à travers ses vêtements. Je commence à me frotter comme une possédée contre son jean. Je ne sais plus où je suis ni qui je suis. Il se saisit ensuite de mes cheveux et les tire pour avoir accès à mon cou. Il me déguste comme s'il voulait me marquer ou me revendiquer. Sa main se fraie un chemin sous mon tee-shirt et dessine des arabesques sur ma peau couverte de frissons. Il s'empare ensuite d'un de mes tétons et le pince avec vigueur, ce qui envoie une décharge d'excitation vers mon bas ventre. L'impression inédite qu'il connaît mon corps et qu'il sait où appuyer pour me faire décoller rend le moment encore plus intense. En enlevant les boutons de mon jean d'une main, il continue à me dévorer la bouche. Il empoigne ensuite mes seins fermement. Je suis dans tous mes états. Soudainement, il arrache mon tee-shirt comme un animal.

— J'ai assez attendu, ma furie, enlève-moi ce jean et laisse-moi te goûter.

Anesthésiée par le désir qu'il me fait éprouver, je m'exécute comme une marionnette sous ses ordres et je ne relève même pas le surnom dont il m'a affublée. Ses lèvres me mordillent d'abord le lobe de l'oreille, puis les tétons l'un après l'autre. Sa langue enflamme ma peau sur son passage jusqu'à mon nombril. Je sens sa barbe de trois jours érafler délicieusement ma peau tendre. Je ne suis plus en état de réfléchir, l'épicentre de mon plaisir fait des étincelles.

— Jax, s'il te plaît.

— Dis-moi ce que tu veux, ma Stones.

— Toi.

Ce mot suffit à donner une teinte orageuse à son regard. Il se jette sur ma culotte et l'arrache d'une main. Sa bouche se concentre directement sur mon clitoris, l'embrasse puis l'aspire violemment.

— Ton goût est enivrant, je pourrais te lécher pendant des heures, dit-il.

Ces paroles me rendent encore plus aventureuse. Je m'accroche à ses cheveux. Mes sensations sont tellement fortes que je sens déjà les prémices d'un orgasme cataclysmique. Une sensation des plus étranges naît en moi quand il mordille l'épicentre de mon plaisir. La petite mort est l'expression parfaite pour décrire ce que je ressens à l'instant. J'explose littéralement en mille morceaux. Quand j'ouvre à nouveau les yeux, je perçois du défi, de la confusion et de la détermination dans son regard de prédateur. Pendant ce qui semble être une éternité, nous nous défions du regard. Il enlève sa chemise bouton par bouton, découvrant un superbe tatouage : un arbre à souhait destroy qui descend jusqu'à sa hanche, avec des phrases, des notes de musique et des têtes de mort. C'est encore plus sexy que ce que j'imaginais ! Sans rien dire, il se lève, sort un préservatif, baisse son jean et le déroule sur son membre aux proportions hors normes. Je sens la peur m'envahir, l'emprise qu'il a sur moi m'empêche de faire le moindre geste, ou de prononcer le moindre mot. Cet homme maléfique s'installe à mes côtés, me soulève comme si je ne pesais rien et me fait glisser sur son sexe qui m'étire délicieusement. Il me laisse le temps de m'habituer à son calibre.

— À partir de maintenant, tu es à moi et ne t'avises pas de l'oublier, déclare-t-il d'une voix rauque.

Je me soulève et m'abaisse sur son membre sans relâche. Ces mots me rendent folle de désir. Qui est cette folle furieuse, et où est Stones la raisonnable ? Ses grognements terriblement virils exacerbent mon excitation. Sans me laisser reprendre mon souffle, il me plaque sur la table. Le contact de mes seins qui s'écrasent contre le bois fait instantanément durcir mes tétons. Sa main explore ma nuque puis glisse le long de ma colonne vertébrale jusqu'à la naissance de mes fesses. Un mélange de désir et de peur s'empare de moi. Il me mordille l'épaule et cale sa queue entre mes deux fesses. Je ne reconnais même plus les sons qui sortent de ma bouche, comme si une inconnue prenait possession de mon corps.

Chapitre 27
«Use Somebody», Kings of Leon

Jaxson

Son cul offert à mes mains est une véritable perfection. Son corps tout en courbes est complètement à ma merci. Je suis un dom qui ne peut être lui-même qu'en contrôlant sa partenaire. Et là, je suis ailleurs, dans un monde où seule ma furie existe. Je caresse son putain de cul parfait, encore et encore. Ma main s'abat sur ses fesses et laisse une trace rouge qui contraste à la perfection avec sa peau laiteuse. Sa réaction me surprend, elle gémit et me laisse découvrir une voix rauque et sexy dont je suis déjà dingue. Ma main frappe encore et encore son cul à se damner, laissant d'autres sublimes traces rouges qui montrent maintenant qu'elle m'appartient. Les bruits sexy qui sortent de sa bouche me font péter les plombs, et je la pénètre d'une poussée. Sa chatte se resserre autour de ma queue.

— J'adore ta petite chatte tellement étroite, ma Stones !

Stones gémit de plus belle et se cambre encore plus vers moi. Je me retire subitement pour la jauger.

— Jax…, gémit-elle.

J'adore entendre mon prénom dans sa bouche !

— Qu'est-ce que tu veux, mon petit volcan ?

— Toi.

Elle ne va pas s'en tirer comme ça, même si ça me demande un sacré self-contrôle.

— Sois plus précise, ma Stones.

Je la sens frissonner, à croire que ma petite Stones aime les mots crus, elle est vraiment parfaite !

— Je veux ta queue, Jax, je t'en supplie…

Je la pénètre de nouveau et la pilonne sans relâche, jusqu'à ce que je sente les palpitations de sa chatte. Je la force à se relever. Je prends ses seins en main et colle son dos contre mon torse. Je lui murmure :

— Jouis pour moi, Stones.

Je sens ses cuisses se contracter et sa chatte étreindre ma queue. J'étouffe ses gémissements avec ma main et sens ses dents s'insérer dans ma chair. Des spasmes envahissent tout son corps, il ne m'en faut pas plus pour jouir à mon tour. Le flot dévaste tout sur son passage. Je n'ai jamais connu un truc pareil. Je m'installe sur un siège, la prends dans mes bras et caresse doucement ses boucles en me délectant de sa délicieuse odeur de plage. Je sens son souffle contre mon torse. Je me sens à ma place pour la première fois depuis longtemps. Elle deviendra ma soumise, il n'y a pas d'autre échappatoire, même s'il faut que je l'initie. J'étais tellement absorbé par le moment, que j'en ai oublié ces foutues règles de sécurité. L'annonce de Maria me fait comprendre qu'il ne reste que quinze minutes avant l'atterrissage vers notre destination inconnue. Ça fait plaisir de voir que quelqu'un respecte mes consignes ! Ma furie sursaute.

— Ça va, Stones ?

— Euh oui… Je dois me rhabiller, dit-elle en se cachant tant bien que mal.

Son regard et sa petite voix paniquée me font l'effet d'un uppercut en pleine face !

— Ne te cache pas de moi, ma Stones, dis-je en la regardant. Eh oui, « ma Stones »… Je ne sais pas d'où ça sort, mais ça paraît tellement naturel !

Elle fuit mon regard comme si elle avait honte de quelque chose. Ma furie enfile son jean, tant bien que mal. Voyant son état de nervosité, j'ouvre mon sac et la revêts doucement d'un de mes tee-shirts des Black Suits. Je me baisse au niveau de ses hanches et fais un nœud en lui souriant, dans une tentative pour la mettre à l'aise. Il ne faudrait pas cacher ses jolies fesses ! Eh ouais, je suis un vrai obsédé ! La voir dans une de mes fringues réveille encore mon érection. On se calme ! Tout ça m'a ouvert l'appétit. On a encore le temps pour un petit déjeuner express. Stones se précipite sur le siège en face du mien, range son tee-shirt et sa culotte en lambeaux dans son sac. Elle remet ensuite de l'ordre dans ses cheveux, toujours dans un état de nervosité impressionnant. Je me demande bien ce qu'il lui prend ! Manifestement, il me faudrait un décodeur ! J'appelle Maria pour qu'elle nous prépare deux cafés frappés et un plateau de muffins. J'ai noté qu'au taf, elle avait souvent un café frappé à la main. Ça devrait la remettre en forme, car nous avons une super journée en perspective. Je ferme mon jean, remets mon tee-shirt sous le coup d'œil plein d'envie de Stones, si furtif que je pourrais l'avoir imaginé. Puis, je m'installe en face d'elle. Maria arrive avec son sourire d'aguicheuse professionnelle, les cafés et les muffins à la main. Je n'ai jamais accepté ses avances. Ok, je suis un connard, mais je ne mélange jamais le travail et le plaisir. Enfin, presque jamais. J'ai quelques valeurs. Enfin… une ou deux, quoi. Je n'y prête pas attention, car je suis focalisé sur l'attitude de Stones. Elle va encore me mettre hors de moi. Je viens de vivre un moment qui pourrait compter parmi les meilleures baises de ma vie et elle m'ignore. *Garde ton calme, Jax !*

— Stones, regarde-moi ! dis-je d'une voix trop forte.

Elle sursaute comme si je lui faisais peur, elle me regarde d'un œil vide de toute émotion. J'essaie de la rassurer, même si ce n'est pas du tout mon genre.

— Mange quelque chose, un programme d'enfer nous attend ! j'ajoute en baissant la voix.

— Je n'ai pas très faim. Je vais juste boire le café, dit-elle d'une petite voix.

La journée ne s'annonce pas très bien si elle continue à porter son masque de tristesse. Je me demande pourquoi elle refuse le muffin, alors que je sais très bien que c'est sa drogue. Une drogue autrement moins destructrice que celle à laquelle je suis accro ! Le constat me surprend, mais quand je suis avec elle, je ne pense plus à ma dose. C'est mon psy qui va encore être content. Je l'entends d'ici : il ne faut pas remplacer la drogue par une autre drogue et apprendre à être indépendant ! Je l'emmerde, après tout !

Je vois au regard perdu de Stones qu'elle préférerait être n'importe où sauf ici, en ma compagnie. Elle sirote son café et fixe le hublot, comme si sa vie en dépendait. Qui pourrait dire qu'il y a quelques minutes, elle jouissait sur ma queue ! Je ne comprends rien au film qui est en train de se jouer. D'habitude, mes partenaires sont ravies et ne cherchent qu'à recommencer ! Oui, mais elles ne sont pas Stones, elles ne me défient jamais et n'ont aucune personnalité. Tout le contraire de ma furie ! Ou alors, elle a couché avec Dan, ou Jake ! Ou peut-être les deux ! Merde, tout mais pas ça ! Bien, maintenant, fini de jouer ! Je lui accorde encore quelques minutes pour se remettre les idées en place, mais après, il faudra qu'on parle.

C'est dans cette ambiance du tonnerre que nous atterrissons à Londres. Je dévore mon muffin comme si je n'avais rien mangé depuis des jours. Elle a raison, ça déchire les muffins. Bon, à nous deux ! Je me mets sur le siège à ses côtés et la soulève pour la mettre sur mes genoux. Il faut croire qu'il n'y a que comme ça qu'elle accepte de parler calmement :

— Stones, putain, parle-moi.

Elle me regarde d'un air résigné.

— Euh… ce qui s'est passé… entre…

Supermassive Black Hole de Muse nous interrompt, et S s'empresse de décrocher. Sauvée par le gong, mais tu ne pourras pas m'échapper indéfiniment ! Son regard s'éclaire et son sourire s'élargit. Ça me met en rogne de savoir que quelqu'un d'autre lui a rendu son sourire. Je sais, je n'ai toujours pas retrouvé mes couilles, il va falloir lancer un avis de recherche ! Il me semble que le responsable de ce changement d'état d'esprit n'est autre que son acolyte de *fashion victim*/enfoiré. Si j'en crois la conversation, il s'inquiète de la savoir avec moi, genre loup dans la bergerie. Je ne peux pas vraiment lui donner tort. Les chansons *She shook me all night long* d'AC/DC et *Sex on Fire* de Kings of Leon seraient des BO parfaites pour le début de notre voyage.

Elle raccroche et essaie de se défaire de mon emprise. Je resserre mes bras autour de son corps, quand la sonnerie retentit une deuxième fois. C'est pire qu'un call center ! Si ça continue comme ça, on ne pourra ni descendre de cet avion ni parler de ce qui la préoccupe ! Je me saisis de cet objet de malheur. Elle devient toute blanche quand elle voit qu'il s'agit d'un appel de Dan. Eh oui, tu avais gagné une bataille, mais j'ai gagné cette foutue guerre ! J'éteins son iPhone. J'ai réussi à me contrôler jusque-là, mais il ne faut pas pousser ! D'un doigt sous son menton, je tourne son visage vers moi et elle me fusille du regard :

— Ma Stones, que tu le veuilles ou non, nous allons parler, et pas plus tard que maintenant ! Tu ne sortiras pas de ce jet tant que je ne saurai pas ce qui se passe dans ta jolie petite tête !

— Ce qui s'est passé entre nous était… une erreur… Je…

— Tout ça, c'est des conneries, et tu le sais très bien. Je comprends que l'appel de Dan t'ait perturbé, mais ce n'est pas une raison pour nier notre attraction mutuelle !

La colère envahit ses magnifiques prunelles, et je sens que ma furie va sortir ses griffes !

— Tu parles du pari que tu viens de gagner ? Tu aurais dû prendre des photos ! Ou mieux encore, j'imagine un article avec un titre accrocheur comme : « Le leader des Black Suits se tape une grosse ! »

— Tu commences à me connaître, et tu sais que je ne suis qu'un putain d'égoïste qui ne fait que ce qu'il a envie de faire. Pour la énième fois, il n'y a pas de pari. Juste deux hommes qui se battent pour une femme. Et je ne te laisserai pas filer ! Ok, deux doms qui se battent pour une soumise qui s'ignore, c'est juste un demi-mensonge ! J'aime ton corps tel qu'il est, et si on n'était pas pressé par le temps, je te le montrerais encore et encore, jusqu'à ce que tu en sois persuadée ! D'ailleurs, as-tu vu autre chose que du désir dans mes yeux ?

— C'est impossible ! Tu mens encore ! Ne me fais pas ça, je ne sais plus où j'en suis ! dit-elle les larmes aux yeux.

— Ma Stones, calme-toi. Je sais que ça fait beaucoup ! Si on oubliait tout ça et qu'on allait s'éclater à London ?

— Londres, c'est top ! Merci, Jax, mais il ne fallait pas ! dit-elle avec des yeux étincelants.

— Rien n'est trop beau pour toi !

J'ai toujours rêvé de placer cette phrase !

— Allez, apprenti Casanova, ne perdons pas de temps !

Elle reprend du poil de la bête !

Elle recommence à me chambrer, c'est bon signe. Elle n'a toujours pas admis qu'elle m'appartenait. Ce serait le premier pas si je veux l'initier pour qu'elle s'abandonne totalement à ma volonté. Un chauffeur dépose ma moto – une Anglaise classique – à la sortie. L'attitude de ma furie me fait dire qu'elle n'a jamais fait de moto. Je lui tends un casque et lui ordonne de bien s'accrocher à moi pour sa sécurité – et mon plus grand plaisir. Je sens la frustration emmagasinée depuis ma sortie de désintox s'envoler comme par magie dès que je démarre ma bécane. Stones se détend petit à petit et pose sa tête sur mon dos. Son parfum coco me rend dingue.

Chapitre 28
« London Calling », The Clash

Stones

J'étais complètement perdue avant de prendre l'avion. Maintenant, on dirait que quelqu'un a mis de l'ecstasy dans mon Gin et je ne serais pas surprise de voir un chien qui danse ou un éléphant rose sur le bas-côté de la route. La tête sur l'épaule de Lucifer, j'en profite pour faire un petit briefing du tsunami qu'est devenue ma vie ces derniers temps. D'abord, j'accepte de dîner avec mon collègue Dan, qui se révèle être un gentleman super sexy. Ensuite, nous flirtons dans ma chambre, et je serais sans doute en train de rêvasser en pensant à ce moment si Lucifer ne nous avait pas interrompus. Tel un joueur de poker, il m'a proposé – ou imposé selon le point de vue – de passer une journée avec lui. Après, tout est parti en vrille. Je me suis jetée sur Jake qui, heureusement, n'a rien trouvé à y redire, avant de m'endormir dans ses bras. Le lendemain a été une succession de bêtises dont j'ai le secret. Je n'ai respecté aucune des résolutions que j'avais prises. J'ai couché avec Jax et je n'ai jamais connu un tel moment d'extase. Ses mots crus, ses fessées, sa façon de me contrôler et de me donner des ordres ont déclenché des orgasmes inédits. Rien que sa proximité rend ma culotte trempée. J'ai encore le souvenir de son corps d'apollon me comblant pendant tout le vol. La magie est retombée quand je me suis rendu compte de ma nudité face à ce corps de dieu du sexe qui ne fréquente que les plus belles femmes du monde. Il m'a bien eu avec ses « ma Stones » et ses sourires à faire tomber les culottes. Il ne faut pas que ça se reproduise. J'ai couché avec mon patron alors que je ne connais même pas la nature de ma relation avec Dan. De plus, Lucifer est beaucoup trop dangereux pour une fille comme moi.

Je me sens mal par rapport à Dan, tout commençait très bien entre nous. J'ai l'impression d'être en sécurité avec lui. C'est déjà plus que je ne peux espérer, quand on y pense. Avec lui, c'est comme être sur un lac paisible et se laisser porter dans une barque, sans avoir peur du courant. Jax est différent, il donne l'impression d'être sur des montagnes russes. C'est grisant, mais ça fait peur et ça donne mal au cœur.

En somme, en vingt-quatre heures, j'ai embrassé trois hommes différents. Il faut que je me reprenne et que je redevienne la Stones prudente que j'ai toujours été. Je préfère ignorer les recommandations que me donnerait ma mère. Ça sonnerait comme « Gardes-en un pour le lundi, un pour le mercredi et le dernier pour le samedi ». Des conseils somme toute très maternels !

J'étais tellement loin dans mes pensées que je n'ai pas remarqué que nous étions sur le parking des célèbres studios d'Abbey Road. Je descends de la moto et trépigne comme une petite fille à l'idée de pénétrer dans le studio où les Beatles ont enregistré :

— Qu'est-ce qu'on fait ici, Jax ?

— On vient enregistrer *She's my drug*, la dernière chanson des Black Suits !

— Sérieux ? dis-je comme une enfant à qui on aurait annoncé que le Père Noël arrive.

— On ne plaisante pas avec la musique, dit-il en passant son bras sur mon épaule.

— Le reste du groupe est déjà là ?

— J'espère bien, sinon je vais leur botter le cul ! Surtout si Koll est encore en retard !

Il prend ma main dans la sienne. Je suis saisie par une décharge électrique qui me traverse le corps. Nous nous précipitons dans la salle d'enregistrement où le groupe est déjà installé. À mon avis, c'est nous qui sommes en retard. Jax lance un « Salut, les mecs ! » auquel ils répondent par un signe de la main. Kyle me remarque, pose son instrument et vient m'enlacer :

— Salut, ma belle ! Tu assistes à l'enregistrement ? Tu vas voir, c'est encore mieux en live.

— C'est ma première fois, c'est trop cool ! dis-je en souriant.

— Tu veux t'installer à côté de moi ? dit-il avec un clin d'œil.

— Non, elle va dans la cabine, dit Jax en le fusillant du regard.

Kyle bloque sur nos mains jointes. Il a l'air de désapprouver. *Toi aussi, tu devrais désapprouver*, me lance ma conscience. Sauf que tu as décidé de laisser courir pour aujourd'hui, espèce de petite lâche ! Je fais comme cette chieuse de Cendrillon et j'attends que le prince redevienne une grenouille ou un truc dans le genre. Karl vient me faire la bise et Koll s'incline devant moi en m'appelant « belle demoiselle », comme si on ne s'était jamais rencontré. On dirait qu'il a fumé toute la moquette, plus un camion de marijuana. L'ingé-son vient ensuite me chercher à la demande de Jax, et m'installe dans la cabine. J'écoute leur nouvelle chanson qui est vraiment top. La voix sexy de Lucifer me transporte. Il me regarde dans les yeux en prononçant chaque parole. Je n'imaginais pas l'envers du décor quand j'écoutais leurs albums. C'est comme avoir un pass pour les coulisses. Ils sont tous si pros, que le morceau est dans la boîte en trois prises. Ils reviennent tous dans la cabine pour écouter la dernière version. Kyle m'explique qu'ils ont préenregistré dans les studios de l'hôtel pour gagner du temps. J'assiste peut-être à la création d'un tube. Sans le vouloir, je fredonne les paroles de cette chanson qui aura bientôt sa place dans ma playlist, les yeux fermés pour m'imprégner de la musique. Je suis tellement dans mon monde que je ne remarque pas que la chanson s'est arrêtée. Miss Catastrophe est de retour, fidèle à son poste ! Lorsque mes paupières s'ouvrent, les mecs affichent un sourire amusé qui me déstabilise, sauf Koll qui dort ou médite, je ne sais pas très bien.

— Quoi ? demandé-je.

— Rien ! répondent-ils en cœur.

Putain de solidarité masculine !

— Bon ! Ce n'est pas tout ça, mais on a encore des trucs à faire, ma Stones ! dit Jax en me tirant par la main. Il est midi, on se retrouve à dix-sept heures devant le jet pour le départ, les gars !

— Ok ! disent-ils, non sans tilter à la mention de mon surnom.

Ne vous inquiétez pas les gars, moi aussi, je me demande à quoi il joue !

Jax me presse vers la sortie comme un gamin à qui on aurait proposé une sucette. J'essaie de le ralentir, sans succès. En passant la porte, je suis aveuglée par des flashs et je ne comprends pas tout de suite ce qu'il se passe. Lui, enfourche sa moto et m'enfonce le casque sur la tête avec beaucoup plus de précipitation qu'à l'aller. Il démarre en trombe et nous faisons quelques kilomètres. Enfin, nous entrons dans le parking de ce qui semble être un hôtel. Il descend de la moto et demande :

— Tout va bien, ma Stones ? Je suis désolé pour ça.

— C'était quoi, ça ? dis-je en pleine confusion.

— Mon quotidien ! Enfin, une bande de paparazzis. J'avais presque oublié qu'ils pouvaient surgir à n'importe quel moment. Je m'étais habitué à la tranquillité de Bruxelles. Ok, ne nous laissons pas abattre, j'ai réservé dans le meilleur resto de la ville, on va se régaler !

Il faut que je trouve autre chose, car ça va être un tsunami de calories !

— Je n'ai pas faim. Tu m'emmènes faire un tour dans Londres pour me remettre de mes émotions ?

Il sourit, ce qui prouve qu'il a cru à mes conneries. *S, t'es la meilleure !*

— Je vais faire comme si tu n'essayais pas de me la faire à l'envers. Mais on reparlera de tout ça et d'autre chose, crois-moi ! dit-il en insistant d'un regard obscur.

Sur cette menace, il me tend mon casque et démarre. Le stress des paparazzis et du regard des autres membres du groupe s'envole instantanément. Participer à une séance d'enregistrement de votre groupe préféré est exaltant, mais aussi, dans mon cas, une terrible source d'anxiété.

Chapitre 29
« This Life », Sons of Anarchy Theme

Jax

Avec mon cuir, mon jean et mes Aviator, je me sens comme le Jax de *Sons of Anarchy*, qui emmène sa régulière en communion avec la route. À part que je dois porter un casque, sinon je vais me faire aligner par les flics et les paparazzis, que je ne suis pas un hors-la-loi et que Stones n'est pas encore à moi. Ok, rien à voir ! Mon égo va m'exploser en pleine gueule, comme dirait Kyle ! En plus, je veux seulement qu'elle soit ma soumise. *C'est ça, pauvre con, continue à te mentir !* me dit ma conscience ! Et ouais, je suis paumé ! Qu'est-ce qui me prend de l'appeler ma Stones ! Le pire, c'est que je n'ai aucune intention d'arrêter. Dan va avoir une attaque quand il va savoir ça, et je dois m'attendre à la contre-attaque de l'empire. Je fredonne les premières notes du générique de *Star Wars*. B*REAKING NEWS ! Jax, leader des Black Suits, a été aperçu avec une inconnue sur Oxford Street, en train de fredonner The Imperial March ! Le personnel de l'hôpital psychiatrique le plus proche a déjà réservé une cellule à son nom dans le quartier VIP.* Je déconne à plein tube à cause de cette furie !

Elle croit que je n'ai rien compris à son petit manège. Elle s'affame à cause de cette stupide dispute qu'elle a entendue dans les chiottes. C'était complètement débile, puisqu'elle est vraiment parfaite. Je suis juste dégoûté qu'elle ait été blessée par cette histoire et les paroles que j'ai prononcées quand on s'est rencontré pour la première fois. Si j'avais su à quel point je la voudrais, j'y aurais réfléchi à deux fois. Ce n'est pas mon genre de dire des choses blessantes. Ok, c'est tout à fait mon genre ! Mais pas avec elle !

Je lui montre les lieux mythiques de Londres, dont l'appart de Jimmy Hendrix – l'un de mes dieux – sur Brook Street. Nous passons devant le Royal Albert Hall, puis sur Berwick Street qui a illustré un des albums des Pink Floyd. Je ne l'emmène que dans des lieux insolites, car elle connaît déjà la ville. Nous longeons la Tamise et profitons du panorama et du magique *London Eye*. La roue qui met des plombes pour faire le tour et dans laquelle tu ne peux même pas baiser ! Il n'y a pas à dire, ça ajouterait quelque chose ! Nous faisons une photo sur l'emblématique passage piéton devant Abbey Road. Je lui raconte l'histoire des Beatles, des Stones et de tous ceux qui ont fait l'histoire du rock. L'ambiance est plutôt bonne et elle a l'air de s'éclater. Il est quinze heures trente, on a encore le temps de s'offrir un drink. J'arrête la bécane et lui offre un Gin tonic au *Good Mixer* sur Camden. Je commande aussi de quoi manger, j'ai la dalle ! C'est un de mes refuges, où on me connaît sans me connaître, où je peux venir incognito. Je veux à tout prix éviter le cirque de tout à l'heure. Je commence à déguster mon *Fish and chips*. Maintenant, les choses sérieuses commencent. Il va falloir qu'on parle de la mise en danger de sa santé, de cette putain de voix qui est venue de nulle part tout à l'heure et… ok, on n'aura pas le temps, mais bon, qui ne tente rien n'a rien !

— Stones…

— Jax…

Ok, ça s'annonce mal ! Elle s'est refermée comme une huître !

— Tu vas me dire pourquoi tu t'affames ? Tu n'as rien avalé depuis ce matin, à part un café !

— Je… n'ai… pas envie d'en parler.

— Soit. Alors, tu vas me dire d'où tu sors cette voix du tonnerre que j'ai entendue tout à l'heure.

— Je… N'en parlons plus, dit-elle comme si elle ignorait totalement de quoi je parle.

— On ne parle pas de ta voix, on ne parle pas de ta santé… De quoi suis-je autorisé à parler, ma Stones ? Nous ? dis-je.

Elle me fout en rogne et j'ai du mal à garder mon calme !

— Il n'y a pas de « nous » et il n'y aura jamais de « nous » ! J'ai eu un moment d'égarement, mais ça ! dit-elle déstabilisée et en faisant un grand geste entre elle et moi, les yeux couleur de l'orage. C'est complètement absurde ! Et arrête de m'appeler « ma Stones » !

— Alors qu'est-ce que tu proposes ?

— Que tu respectes ta promesse, dit-elle d'une petite voix.

Mais de quoi elle parle encore ?

— Laquelle ? je rétorque, interdit, en prenant une gorgée de ce délicieux breuvage.

— Une journée et tu me laisseras tranquille. Quand on rentrera, on se comportera comme ce qu'on est : des collaborateurs. Et on oubliera l'erreur qu'on a commise ! s'énerve-t-elle.

— C'est à cause des paparazzis ? Ce n'est pas toujours comme ça, ma… Stones.

— Cette journée a tout simplement prouvé que je ne suis pas de ton monde. Je ne suis pas équipée pour ça ! Il vaut mieux en rester là et que tu passes à ta prochaine blonde filiforme pour le bien de tout le monde ! crie-t-elle en attirant l'attention des habitués du pub.

— Mais enfin ! Qu'est-ce que tu racontes ? On pourrait juste prendre du bon temps, s'amuser et voir où ça nous mène ! Détends-toi ! murmuré-je, alors que je voudrais lui dire qu'à partir de maintenant, elle m'appartient et qu'elle ne fera que ce que je lui ordonne !

Apparemment, la réponse que j'ai donnée ne lui convient pas, car on dirait qu'elle se retient de m'en coller une, en mode Lara Croft. La réponse qu'elle me donne d'une voix froide me montre que je me suis planté en beauté :

— Ok, très bien. Dans ce cas, nous serons sex friends jusqu'au concert, et après, on oublie. Cela dit, j'ai quelques conditions.

Tu t'es planté en beauté ! Maintenant, c'est comme si elle me jetait des restes, cette putain de furie !

— Je suis curieux de savoir lesquelles ? m'énervé-je, furieux qu'elle ose m'imposer la moindre chose !

— Ok ! Plus de « ma Stones », je dis où et quand, plus de sorties en public et tout cela reste secret. Car j'ai l'intention de voir Dan !

Elle veut me provoquer, je suis sûr qu'elle n'en pense pas un mot !

— Hors de question ! C'est moi qui mène la danse, ma Stones !

— Alors on oublie ! À partir de maintenant, je suis Stones et vous êtes Monsieur Smith !

— Très bien, mais je suis Jaxson !

Si elle continue, tout ça va mal finir ! Je ne compte pas en rester là !

— C'est parfaitement clair, Jaxson ! Et nous allons être en retard ! ironise-t-elle.

Après avoir réglé la note, non sans avoir essuyé des reproches, nous nous dirigeons vers l'aéroport. Je suis toujours aussi tendu et furax. J'ai encore merdé dans les grandes lignes. Je ne pensais pas avoir dévoilé la vraie Stones, celle qui ne se soumet que quand elle le décide. Une vraie soumise volcanique, clairement un des meilleurs coups de ma vie ! Et encore, on a à peine effleuré les choses sérieuses ! Quand je repense à son cul parfait que j'ai fessé, je me détends instantanément ! Il va me falloir du temps pour la convaincre de regarder les choses en face : elle est mienne depuis que je l'ai embrassé le soir de l'inauguration ! Seulement, elle refuse obstinément de se l'avouer. Il faudra aussi que je m'occupe du problème Dan. Pas que je refuse les parties à trois, mais d'habitude, c'est moi qui reste à la commande et qui décide des limites. Je le connais depuis assez longtemps pour savoir qu'il ne me la laissera pas. Déjà qu'il est furieux pour la journée avec elle, s'il savait… Nous arrivons devant le jet, je caresse sa main en la laissant en place sur mon ventre. Elle laisse sa tête posée sur mon épaule comme si elle voulait enregistrer le moment. Je divague ! Bientôt je vais me mettre à regarder *N'oublie jamais* et à pleurer comme une de ces dames ! Elle s'éloigne ensuite et se précipite vers le jet.

Chapitre 30
« Decode », Panamore

Stones

Je me précipite dans le jet comme une dératée pour échapper à l'aura de Lucifer. Ce type est vraiment une drogue dont il faut à tout prix que je me débarrasse. J'entends son rire sarcastique résonner derrière moi. Je monte les marches en manquant de trébucher par deux fois. L'autre enfoiré n'arrête pas de se marrer comme une baleine. Il me rattrape et me soulève pour me faire passer la dernière marche. Les autres membres du groupe nous dévisagent. Enfin, pour Koll, ça ressemble plus à un chat qui aurait une poussière dans l'œil. Ce mec est vraiment unique. Il y a un siège de libre à côté de Kyle, j'en profite pour m'y asseoir. Il me sourit amicalement alors que Lucifer me fusille du regard, comme si j'avais commis un crime qui méritait la peine capitale. Jax opte pour le siège à côté de Koll, qui bascule en avant comme s'il venait de remarquer sa présence. Je croise le regard de Kyle et nous éclatons de rire :

— On dirait un personnage de comics ! On devrait l'adapter en dessin animé : « Koll le viking dans un jet » serait le premier épisode, dis-je en rigolant.

— C'est une super idée ! Et il aurait un casque avec des cornes et tout l'attirail qui va avec ! En revanche, tu essaies de noyer le poisson, dit-il avec un clin d'œil.

— Quoi ? retorqué-je d'un air innocent.

— Toi et le mec au regard noir, à côté de Koll le viking ?

— C'est terminé avant même d'avoir commencé. De toute façon, nous ensemble, ce serait ridicule !

— Il t'a appelé ma Stones… Je ne l'avais jamais entendu dire des trucs de ce genre !

— Si on pouvait arrêter d'en parler…

L'avion décolle et se stabilise. Je me lève pour aller aux toilettes. Le monde se met à tourner. Soudain, je suis prise d'un vertige et c'est le trou noir. Après ce qui semble être une éternité, je sens quelque chose de froid sur mon front. J'ouvre difficilement les yeux et croise le regard de Lucifer, hors de lui, et celui inquiet de Kyle. Je me redresse et me demande ce qui a bien pu m'arriver. J'ai un de ces maux de crâne :

— Qu'est-ce qui s'est passé ? lancé-je d'une petite voix

— Je vais te dire ce qui s'est passé ! Tu as décidé d'arrêter de manger et tu t'es évanouie. Maintenant, tu vas me faire le plaisir d'avaler ce qu'il y a sur le plateau ou c'est moi qui te nourris de force ! hurle-t-il.

— C'est bon, Jax, je m'en occupe.

— Hors de question !

— Jax…

— Et puis, merde !

Mon esprit est encore flou et la tirade de Lucifer n'a rien arrangé. Kyle m'aide à me redresser et me caresse le visage :

— Tu vas m'expliquer pourquoi tu t'affames de la sorte ?

— Parce qu'il faut... que je me débarrasse de ces kilos en trop qui me font ressembler à Bibendum...

— Déjà, tu es loin d'être un Bibendum ! Tu es superbe comme tu es. Et si tu veux perdre un peu de poids, ce n'est pas la bonne méthode, j'en sais quelque chose !

— Comment ça ?

— Avant le groupe, je pesais plus de cent kilos, dit-il les yeux baissés. Si tu veux, je peux t'aider à te faire ton propre programme, sans mettre ta santé en danger comme tu viens de le faire ! dit-il inquiet.

— Ce serait génial ! Même si on a du mal à l'imaginer quand on te voit maintenant !

— Serait-ce un compliment, ma belle ? Allez, mange, sinon le dragon va se ramener et ce ne sera pas beau à voir.

Je mange la salade, les fruits et je bois le smoothie. Je n'avais même pas réalisé que je n'avais rien mangé depuis la veille.

— Ça va mieux, ma belle ? Tu vas me faire le plaisir d'arrêter ces bêtises ! Promis ? dit-il en tendant la main.

— Oui, beaucoup mieux ! Promis !

Je lui serre la main et nous profitons du reste du vol pour me concocter un programme aux petits oignons : sport, alimentation équilibrée et petits bonus autorisés. Koll vient même m'apporter une tisane au goût horrible, qui selon lui, libère l'énergie négative qui bouche mes centres d'énergie. Enfin, c'est ce que j'ai compris de son explication enflammée et abondamment agrémentée de grands gestes. C'est super mignon qu'il s'inquiète pour moi, même s'il m'appelle Sun et pas Stones.

Je demande à Kyle de me ramener directement à l'hôtel, j'ai encore du pain sur la planche et je ne veux pas subir la colère de Lucifer. Jax ne bronche pas. Nous arrivons au *Wonderwall*, et je suis soudain paniquée par la masse de travail. Je dis au revoir à Kyle d'une accolade et me dirige vers le comptoir où je retrouve le regard doux et bienveillant de Dan qui m'accueille chaleureusement :

— Viens dans mes bras, ma belle…

Je me blottis dans ses bras et les larmes coulent. Je lui raconte alors tout ce qui s'est passé. Il ne paraît même pas surpris par le fait que j'ai couché avec Jax. Dan se montre compréhensif, tout le contraire de ce cher Jaxson.

— Ne t'en fais pas pour ça, je ne t'en veux pas. Je savais très bien ce qui allait se passer si je te laissais passer la journée avec lui. Peut-être qu'il te fallait cela pour que tu puisses faire ton choix, après tout…, dit-il résigné.

— Mon choix ? répondis-je interloquée.

— Ton choix entre Jax et moi ! Et avant que tu n'ailles plus loin, cela n'a jamais été un pari. Nous te voulons tous les deux. Je t'interdis de prononcer une seule fois le mot « grosse » en parlant de la magnifique femme qui est devant moi. J'espère juste que tu me laisseras une chance. Je ferai tout ce qu'il faudra, mais ne me rejette pas !

— J'ai juste besoin de réfléchir à tout ça, en une semaine, ma vie a changé du tout au tout ! En attendant, il nous reste du taf si on veut que tout soit parfait avant samedi ! J-2 !

Je checke la liste des pass qui ont été vendus. C'est plutôt une bonne surprise, la majorité des VIP invités ont répondu présents, et l'hôtel est complet. Pour les pass du concert, on est à quatre-vingts pour cent. À mon avis, on affichera *sold out* dès demain. Armée de ma liste, je passe en cuisine, au bar et à la réception, pour être sûre que tout est ok. L'équipe est vraiment au top, si bien que je me demande à quoi je sers. Il est déjà vingt heures. Je pense qu'il est temps pour moi de prendre un repas léger avant une bonne nuit de sommeil. J'appellerais bien Jake pour lui dire de passer, je pourrais parler avec lui des objets dérivés et me faire une soirée séries avant de me coucher. Je m'apprête à partir quand Dan revient de la réception :

— On se prend un verre, ma belle ?

— Merci, mais ce soir, j'avais prévu de voir Jake.

— Il en a de la chance ! Alors, demain sans faute ?

— Avec plaisir, à demain ! dis-je en lui posant un doux baiser sur les lèvres.

Ce qui ne me ressemble pas du tout. *Qui est cette fille et qu'avez-vous fait de Stones ?*

Apparemment, cela a l'air de lui faire son petit effet, car j'ai droit à un véritable baiser de cinéma avant de partir. Je rentre dans ma chambre et appelle Jake pour lui dire de me retrouver dans une heure. Ça me laisse le temps de faire un jogging. Je m'habille d'une tenue de sport qui me fait ressembler à un des Power Rangers. Je descends et tombe sur Lucifer en tenue de sport lui aussi. C'est bien ma veine ! Moi qui pensais que j'allais passer une soirée tranquille !

— Viens, je t'emmène faire une séance d'entraînement. Comme ça, tu arrêteras de mettre ta santé en danger et tu rendras ce corps qui est à moi encore plus hot !

Jax, cinquante pour cent d'arrogance, vingt-cinq de *sex appeal* et les vingt-cinq pour cent restants, on ne sait pas d'où ça vient, et c'est mieux comme ça.

Je n'ai pas le temps de répondre qu'il me tire déjà vers l'extérieur. Les trente minutes qui suivent se déroulent comme une séance de torture, composées de vingt minutes de jogging et de dix minutes de squat, d'abdos et de pompes. Je transpire de partout alors que Lucifer est frais comme la rose et me regarde avec son ironie habituelle.

— Merci… euh… Je vais y aller.

— Hors de question, tu vas d'abord te doucher avec moi.

Il me porte comme si je ne pesais rien, ce qui a le don de faire rire tous les passants. Nous entrons par un ascenseur privé à l'arrière de l'hôtel, qui mène à ce qui semble être sa suite. La décoration est similaire au *Wonderwall*, mais en plus design et minimaliste. La salle de bain, tout en transparence, donne sur une chambre avec un lit géant recouvert d'un couvre-lit immaculé.

Sans prononcer le moindre mot, il enlève mes baskets, mon legging et mon tee-shirt, comme s'il s'agissait d'une affaire super sérieuse. Mais attends ! Qu'est-ce que je fais là ? Pourquoi ne l'ai-je pas encore arrêté ? Encore une fois, je suis infectée, totalement paralysée par le virus Jax. Il enlève ses vêtements et me porte ensuite jusqu'à la douche. Là, je suis subjuguée par son torse et ses abdos dessinés à la perfection. Je fixe les gouttes qui y ruissèlent en rougissant comme une gamine. Le gel douche dégouline entre mes seins jusqu'à mon mont de Vénus. Je suis tout émoustillée, mes mains se dirigent vers sa peau douce, tracent les contours de ses pectoraux et descendent tout doucement vers ses abdos. J'entends un grognement grave, prouvant que je lui fais de l'effet. Je baisse les yeux vers son membre fièrement dressé. Il prend ma main et la pose sur son sexe, me forçant à le branler. De cette voix autoritaire qui me fait fantasmer, il m'ordonne de me mettre à genoux pour lui bouffer la queue. Cette phrase vulgaire me met à genoux, au propre comme au figuré. Je m'exécute et commence par lui lécher les couilles. Je lèche le gland et je l'avale tout entier dans ma bouche. Son goût sucré-salé me pousse à le sucer encore et encore, jusqu'à ce que je sente son goût se déverser sur ma langue et que j'entende son grognement guttural résonner dans la douche. Sans avoir le temps de respirer, il me relève et m'embrasse à en perdre haleine. Il me demande ensuite d'être bien sage, de me mettre dos au mur et d'écarter les jambes, sans bouger. C'est maintenant au tour de Lucifer de se mettre à genoux et de me dévorer la chatte. Je ne reconnais même plus mes hurlements pendant l'orgasme.

Chapitre 31
« Feeling good », Muse

Jax

Je n'ai jamais connu une telle symbiose avec une soumise. Elle m'a sucé comme une reine et je lui ai donné un orgasme détonnant qui l'a laissée tremblante dans mes bras. Je pense que le : Séduire, Baiser, Détruire, Oublier n'est plus à l'ordre du jour. Il faut qu'elle soit ma soumise et pour commencer son initiation, il faut à tout prix que je l'emmène dans mon club pour qu'elle découvre le monde libertin, petit à petit, avant d'entrer dans le monde du SM. Je suis si mordu, que je suis même disposé à la partager avec Dan, jusqu'à ce qu'elle fasse son putain de choix… Même si cela me fout en rogne. Je ferai tout ce qu'il faut pour être le gagnant, il faut juste qu'elle entre dans mon univers.

Je réfléchis à poursuivre la soirée dans mon pieu quand mon téléphone sonne. Je sors de la douche et décroche. Comme c'est mon parrain, je m'éloigne et réponds à ses questions. Oui, je suis clean ! Eh oui, je suis mordu, élémentaire mon cher Jiminy ! Après les recommandations d'usage, du genre « ne pas laisser cette relation détruire mes progrès » – enfin, il appelle ça relation, et moi, appartenance, chacun son truc –, j'entends une porte claquer. Ma furie s'est enfuie, mais je sais que je dois lui donner du temps pour respirer. Il va pourtant falloir qu'on parle de cette putain de voix que j'ai entendue au studio. En tant que musicien, je ne peux pas laisser passer un talent pareil : une voix rauque et profonde qui semblerait sortir de la bouche d'une déesse du rock'n'roll. Cet autre aspect me prouve que c'est mon double et qu'elle a été conçue pour m'appartenir. Ange et Démon réunis dans mon royaume ! Elle illumine l'espace qu'elle traverse autant que je l'assombris. Je ne suis même plus assez fort pour l'empêcher de m'accompagner dans mon enfer personnel. Stones ne sait rien de moi et elle ne pose jamais de questions, comme si elle pouvait lire dans ma noirceur. Pas de questions sur mon addiction, rien sur ma collection de femmes, rien sur ma salope d'ex et rien sur ma célébrité. Elle se contente de me détester, de me faire vivre une excitation constante et de me fuir. Pour des raisons que j'ignore, ma furie n'arrête pas de se cacher et de vouloir se rendre invisible, sauf quand elle est avec Jake, Dan ou Kyle… ou même sa sœur, quand j'y pense. Je me sens comme Gros Minet chassant ce connard de Titi.

Pour me changer les idées, j'envoie un message à Pete pour qu'il me rejoigne au bar. Ça fait un moment qu'on n'a pas causé, moi et mon gentil frère. Peut-être que c'est le moment pour le charrier sur Jake ! On va bien se marrer ! J'enfile un jean et un tee-shirt, et le rejoins. Je suis surpris par son air triste. Si j'en crois son attitude, il me semble que le bro est bourré. C'est moi qui suis censé déconner, hors de question de laisser ma place ! Merde ! La terre tourne à l'envers !

— Hé, bro, tu vas bien ?

— Euh… oui, enfin, je crois.

C'est plus grave que ce que je pensais.

— C'est Jake ? énoncé-je comme une évidence.

— Oui, tu peux te moquer ! Me dire que c'est ce qui arrive aux mecs comme moi, ou que je devrais être libertin ou dom comme toi. Tu sais quoi ? Va te faire foutre, en fait !

— Quoi ? Fais chier ! Si la famille Smith l'apprend, on va me jeter aux loups !

— Ne fais pas comme si je n'étais pas au courant, on a les mêmes amis et les membres de ton groupe sont tous libertins ! Ne t'en fais pas, personne d'autre n'est au courant ! Simple déduction que tu viens de confirmer !

— Ok ! Élémentaire, mon cher Watson ! Je ne suis peut-être pas un spécialiste, mais tu peux te confier ! Je ne te jugerai pas, même si tu sais que j'adore te chambrer !

— Pour résumer, Jake me plante en pleine nuit parce que Stones avait besoin de lui. Ce matin, je lui propose de prendre le petit déjeuner ensemble. Alors que je n'ai pas encore pris mon café, il me raconte qu'il a juste flirté avec Stones avant qu'elle s'endorme dans ses bras et qu'il est bi. Il enfonce le clou en disant qu'il a beaucoup aimé la nuit dernière, mais qu'il est libertin et qu'il ne sortira jamais avec quelqu'un qui ne l'accepte pas tel qu'il est. Sans me laisser le temps de répondre, il m'a embrassé à en perdre haleine et s'est barré !

— Jake est bi et il a embrassé Stones ! Putain, mais je vais me le faire ! Je vais avoir besoin d'un remontant !

— C'est tout ce que tu retiens ? Tu es vraiment dans la merde, ma parole ! Mon *bad boy* de frère est amoureux ? Elle sait pour toi ?

— Oui et non ! dis-je en avalant une gorgée de Gin.

— On est dans la merde, parce que moi aussi je suis mordu et je ne sais plus quoi faire !

— Bienvenue au club, frérot !

— Un club de merde !

Nous passons la nuit à boire Gin tonic sur Gin tonic, et à épiloguer sur Jake et Stones. Je termine la soirée en l'emmenant au *K*, mon club libertin, où nous ne faisons rien d'autre que jouer les voyeurs, en continuant de nous soûler. Des femmes tentent de me toucher et de m'emmener dans une alcôve, mais rien n'y fait. Difficile de leur expliquer que mon érection n'a rien à voir avec leurs prouesses ni leur beauté, mais tout à voir avec une certaine furie aux sublimes boucles châtain. Je n'arrête pas de penser à son goût et aux sensations de sa petite chatte serrée qui se resserre sur ma queue au moment de l'orgasme. Pete, quant à lui, est en train d'embrasser une fille. Putain ! Là, il merde sévère ! Il va falloir intervenir ! Enfin, si j'arrive à décoller mon cul de ce tabouret et à tenir debout !

— Mec, il… est… temps… de… partir !

Je le tire par le bras et l'entraîne vers la sortie en commandant un taxi. Enfin, ça ressemble plus à « taaaaksssi » !

Il se laisse faire. Je donne l'adresse d'un hôtel discret. À deux jours du lancement et du concert, ce n'est pas le moment d'avoir mauvaise presse. À peine arrivés, je m'écroule sur le lit, Pete en fait de même et nous sombrons dans un sommeil profond. Je rêve d'une Stones dévergondée qui s'installe sur un banc à fessée. Nous sommes dans mon donjon. J'observe les légers tressaillements de son corps dus à l'anticipation et à la peur. J'avance ensuite avec ma cravache et la fais claquer sur ma main. Le bruit sourd la fait sursauter. Le cuir effleure doucement son corps et s'abat tout à coup sur sa peau laiteuse qui rougit sous mes coups. Je suis agréablement surpris de la trouver déjà humide pour moi quand j'enfonce un doigt. Ma queue s'enfonce brutalement dans sa petite chatte et provoque des gémissements et des « Oui, Monsieur » étouffés.

Le son strident du téléphone me réveille subitement. Putain, il y a un DJ qui passe de la techno dans ma tête ! J'ouvre les yeux et je me demande où je suis, quand je vois Pete qui dort comme un bienheureux, un filet de bave à la bouche ! Génial ! C'est l'hôtel où j'atterris à chaque fois que je suis bourré. Dans un effort surhumain, j'attrape le téléphone et commande des litres de café et un petit déjeuner. Je bouscule Pete qui grogne et attrape mon portable. Merde, merde et merde ! Il est dix-sept heures ! J'ai des dizaines d'appels en absence des mecs qui s'inquiètent du fait que j'ai loupé la répèt', et un message de Stones, beaucoup trop formel à mon goût, qui me dit qu'elle va tout gérer en mon absence. Enfin, c'est déjà ça, notre *working girl* nationale est sur le pont ! Tant bien que mal, nous avalons cachet d'aspirine et petit déjeuner, et nous convenons d'un commun accord de zapper le boulot pour aujourd'hui. De toute façon, il faut que j'aille voir mon parrain, je suis encore bon pour un sermon et des analyses de sang.

Chapitre 32
The Rock Show », Blink 182

Stones

Pas le temps de m'appesantir sur l'orgasme spectaculaire que je viens de ressentir ni sur les sentiments éprouvés quand je suis avec le diable en personne ! J'arrive dans ma chambre en courant. Je finis de me changer quand Jake frappe à la porte avec une corbeille de fruits. Monsieur a noté les nouvelles habitudes que je voulais prendre. Il y a même des fruits à l'apparence douteuse qui ne toucheront jamais mes lèvres ! Il ne faut pas pousser. Il m'offre un baiser langoureux. Je reste figée. Il me lance un « On ne va quand même pas revenir en arrière et se priver des plaisirs de la vie, *darling* ». Je lui raconte les derniers événements et lui dis à quel point il est difficile de faire le tri dans mes pensées, surtout après avoir succombé par deux fois à la tornade nommée Lucifer. Il me conseille de ne pas choisir et de laisser la chance aux produits ou, pourquoi pas, d'être libertine. Cela résoudrait le problème, selon lui. C'est du Jake tout craché, Sa Majesté a toujours des solutions loufoques. Sur ce coup-là, j'aimerais qu'il ait raison, même si ça va à l'encontre des valeurs que j'ai respectées toute ma vie.

Je lui parle de Pete et de son air triste, et il me dit qu'il ne faut pas s'en faire. Jake lui aurait balancé sa bisexualité, notre baiser et son mode de vie au petit déjeuner. Tu m'étonnes qu'il ait du mal à digérer ! Enfin, il ferait mieux de s'y habituer s'il veut fréquenter Sa Majesté ! Sa formule « à prendre ou à laisser » devrait être brevetée ! Au moins, pas de prises de tête !

Nous passons une super soirée à visionner des épisodes de *Gossip Girl* qu'on a vus cent fois, mais cette fois-ci, en grignotant des fruits et pas de la *junk food*. Je m'endors encore dans ses bras. Ma nuit est cependant agitée de scènes érotiques torrides, confondant les visages de Dan et de Jax. Je me réveille la culotte trempée et étonnamment en forme pour la journée qui m'attend. Je prends le petit déjeuner avec Jake et installe le stand où on vendra les vêtements et les goodies de l'événement. La journée passe très vite. Je forme le personnel recruté pour l'accueil et la vente des objets collector. Jake a fait un travail formidable ! Tout le monde va se les arracher. Aujourd'hui, aucune trace de Pete ni de Jax. Ils sont sans doute en rendez-vous extérieur. Je décide quand même d'envoyer un message à Jax pour lui dire que je me charge de tout. Message réécrit dix fois avant d'arriver à un style que j'espère professionnel ! Ce type va m'achever ! Je rejoins Dan qui me demande de reporter notre rendez-vous, car il a de la fièvre, sans doute à cause d'un virus. Je lui propose de prendre le poste pour l'heure qui reste, de prendre son téléphone pour la nuit en cas de problème et de reporter notre verre à après le concert. Pendant l'heure qui suit, le téléphone n'arrête pas de sonner, mais j'assure. Je prends une douche rapide et me couche avec les deux iPhone sur ma table de nuit, non sans envoyer un message de bonne nuit à Dan.

Je me réveille en sursaut à midi, Putain, fait chier ! *En retard à J-1, tu assures Stones !* Cette nuit, ça n'a pas arrêté de sonner pour des entrées en club, des fringales nocturnes ou des taxis ! Heureusement, un message de Dan m'informe qu'il se sent mieux et qu'il a pris le relai. Il a aussi fait livrer un petit déjeuner à ma porte pour onze heures. Je laisse ensuite l'eau chaude détendre mes muscles, non sans penser à un certain corps d'Apollon. *On se concentre, Stones !* Vêtue de ma tenue de travail, je retrouve Dan au comptoir. Je me blottis dans ses bras en murmurant « Merci » et l'embrasse.

— Il ne fallait pas me laisser dormir

— Si tu arrives au travail de cette humeur, ma belle, tu peux bien dormir pendant des jours et des jours… Avec moi, si possible ? Tout est ok pour demain, en cuisine, au bar et à la réception. Ils sont tous venus ici. On dirait que tu les mènes à la baguette ! J'aime !

— Petit flatteur ! Merci pour ton aide !

J'accueille les VIP qui arrivent, les amène à leur suite et leur offre le perfecto *by Jake*, collector de l'inauguration de l'espace concert du *Wonderwall*. S'ils le portent demain et sont pris en photo dans la presse, ce sera le *jackpot*. Je suis surprise de rencontrer certaines de mes idoles, dont je tairai le nom. Eh oui ! Discrétion et secret sont la devise du concierge ! Nous faisons un dernier point en déjeunant avec Pete, Jax, Dan et le reste du personnel. Même Jax est pro, comme quoi tout arrive ! Dalia me fait un clin d'œil quand elle remarque Jax et Dan me donner un baiser langoureux en guise d'au revoir. Pete lève les yeux au ciel d'un air désapprobateur. En même temps, je n'ai pas eu le choix ! Pauvre petite Cendrillon, courtisée par deux dieux du sexe ! *Tu es vraiment à plaindre !* me dit ma conscience. Si je n'étais pas présente, je me dirais que quelqu'un m'a envoyée dans un monde parallèle pour me pervertir. Les révélations faites par mon meilleur ami lui pèsent à l'évidence beaucoup plus que je ne le pensais.

— Pete, ça va ?

— Ouais, dit-il d'une voix triste.

Je lui propose de boire un café avec sa *event manager/* concierge préférée… Cela a au moins le mérite de le dérider un peu. Apparemment, il a du mal à accepter que l'homme qu'il aime soit bi et libertin. Je peux le comprendre. Même après toutes ces années, j'ai toujours du mal à comprendre Jake, mes parents et les siens. Overdose de contes de fées et de comédies romantiques, sans doute ! Je lui conseille de lui parler et de ne pas trop lui mettre la pression. Mon meilleur ami et moi partageons la sale manie de prendre la fuite quand on nous met la pression.

Jake m'a promis de faire un jogging avec moi ce soir, enfin si Sa Majesté n'est pas en retard. Je n'ai qu'une envie : me glisser sous les draps et dormir, mais il ne faut pas que je me laisse aller. Dès son arrivée, nous nous dirigeons vers la sortie, en passant devant un Lucifer déçu. Quoi, tu pensais me faire le même coup qu'hier ? Je ne peux nier l'effet indescriptible qu'il me fait, mais je dois fuir les spécimens de son genre comme la peste. Ça ne marcherait jamais, il me jetterait au bout d'une semaine et je ne m'en remettrais pas. Le fait qu'il soit célèbre en tant que leader d'un groupe de rock augmente ma peur de ne pas être à la hauteur. Franchement, de quoi on aurait l'air ? Je dois à tout prix me désintoxiquer de son emprise.

Nous commençons par des petites foulées en discutant. Le moins que l'on puisse dire, c'est que Jake ne passe pas inaperçu avec sa tenue fuchsia et vert. Il serait paré pour le carnaval !

— Alors, chevaucher le manche de Jax dans l'avion, c'était comment ? dit-il comme s'il parlait de la dernière robe de la vieille d'à côté.

Je rougis comme une collégienne prise en faute et j'éclate de rire !

— Si bien que ça !? Tu me le prêtes pour une heure ? Je lui ferai découvrir mon côté obscur. Je le déteste, mais quand il n'ouvre pas la bouche, il est plus que potable ! Et Dan, déjà essayé ?

— Non… pas encore… enfin… non. Et puis tu m'énerves toi, tu as déjà Pete !

— Pas encore ! Mais c'est que j'ai enfin réussi à te modeler à mon image ! Bien que Pete ait un cul des plus accueillants et qu'il soit des plus agréables à regarder, je n'ai rien promis !

— Parce que tu as la trouille d'avoir une vraie relation, autant que moi j'ai la trouille de me laisser aller pour une fois !

— N'importe quoi ! *Darling*, tu devrais te reconvertir dans le courrier du cœur !

Après trente minutes, nous sommes sur les rotules. Nous regagnons nos chambres pour nous reposer avant la journée de demain, qui risque d'être super stressante. Je suis réveillée par des coups à la porte et une voix grave qui dit « Stones, ouvre-moi ». Putain, ils me soûlent tous ! Combien de fois faudra-t-il répéter que je ne suis pas du matin ! Un coup d'œil à mon iPhone me montre que j'avais encore une heure de sommeil devant moi ! Je me replonge sous la couette en espérant que mon visiteur va se décourager. Deux minutes après, j'entends un pass ouvrir la porte et quelqu'un se diriger vers mon lit. Je me redresse d'un coup et reconnais la silhouette de Dan.

— Dan, qu'est-ce que tu fais là, il y a un problème ?

— Je ne sais pas comment te dire ça… Tu as fait un tour sur internet, récemment ?

— Non, je n'ai pas eu le temps, j'étais super occupée pour le concert de ce soir. D'ailleurs, il va falloir que j'aille prendre une douche, j'ai encore des détails à régler !

— Ma belle, je suis désolé, mais il faut à tout prix que tu voies ça ! Jax ne voulait pas t'en parler, mais il faut que tu saches.

Je prends le magazine qu'il me tend, et ce que j'y lis me ramène instantanément à mes démons. Le titre et la photo sont assez éloquents : « Mais que faisait Jaxson Smith avec cette inconnue plus size ? Habitué aux filles du catwalk, le leader des Black Suits se serait-il fatigué des plus belles femmes de ce monde ! » C'en est trop, j'avais raison ! Jamais je n'aurais dû accepter qu'il s'immisce dans ma vie. Le pire, c'est que ces journalistes ont raison. Qu'est-ce qu'il ferait avec moi ? On dirait qu'il accompagne sa femme de ménage ou sa cuisinière. Cet article a au moins le mérite de me remettre les idées en place. Toutes ces conneries s'arrêtent aujourd'hui et maintenant. Voilà ce qui se passe quand on essaie de fréquenter un monde qui n'est pas le sien. Je suis tellement choquée que je ne me rends même pas compte des larmes qui ont coulé sur mes joues. En les essuyant d'un air rageur, je me lève devant un Dan décontenancé.

— Merci de m'avoir prévenue, je vais prendre ma douche et je descends.

— Tu es sûre que ça va aller ?

— Oui, bien sûr, ne t'en fais pas, je serai à la hauteur !

— Enfin, ma belle, je ne parle pas de ça. Tu sais bien que ces journalistes diraient n'importe quoi pour vendre leurs torchons !

— Écoute-moi bien ! Plus de « ma belle » ! Maintenant, je redeviens Stones, ta collègue ronde et insignifiante. Ce sera plus simple pour tout le monde !

Je fonce vers la douche et m'autorise à pleurer pour la seule fois de cette journée. Je sors, m'habille et essaie de camoufler mon état sous des couches de maquillage. Je pourrai me morfondre ce soir, mais pour l'instant, je mets le pilote automatique. Je sors de la salle de bain et me dirige vers la porte, sans tenir compte de la présence de Dan, qui a l'air au trente-sixième dessous. Je me dirige vers le comptoir avec mon masque professionnel et contrôle ma check-list pour ce soir. Il est huit heures, les portes ouvrent à dix-sept heures pour éviter la foule et générer plus de recettes au bar et sur le stand de vente. Je me dirige vers le restaurant pour voir où en sont les gourmandises, quand je tombe sur Kyle qui me demande comment je vais :

— Parfaitement bien, merci ! Vous faites les balances et la dernière répèt' à quelle heure ?

— Treize heures normalement, on se voit là-bas ?

— Avec plaisir !

— Au fait pour l'article… je….

— Je préfère ne pas en parler, finir cette journée et oublier.

Avant, qu'il n'ait le temps de s'apitoyer sur mon sort, je vais voir Dalia, qui elle aussi, me regarde avec pitié. Elle me fait même un câlin d'encouragement. C'est officiel ! Je fais pitié !

Chapitre 33
« I only lie when I love you », Royal Blood

Jax

J'ai passé ma matinée sur Skype avec mon attachée presse. J'ai essayé par tous les moyens de faire retirer ce putain d'article, sans succès. Si ma furie lit ça, le peu de chance que j'avais avec elle va s'envoler. Ce foutu qualificatif de *plus size* est insultant pour une femme que je trouve, pour ma part, belle et sexy. Je passe voir Dan pour le mettre au courant. Il m'apprend qu'il va tout lui dire, il ne veut pas qu'elle l'apprenne de quelqu'un d'autre. Fait chier ! Cet enfoiré ne sait pas garder un secret ! Je lui en collerais une si ce n'était pas le jour le plus important du *Wonderwall* ! Je ne peux pas me rater ! 1. Je vais à la répèt' 2. Je vais voir ma furie 3. Je l'emmène au club. Il est temps qu'elle sache qui je suis, je ne veux plus lui mentir.

J'aperçois Dalia qui prend Stones dans ses bras pour la réconforter. Bas les pattes ! Elle est à moi ! Je règle le micro en fixant ma furie. Elle a l'air vraiment mal, mais elle ne baisse pas les bras. Sa force m'impressionne. Nous faisons les balances en un temps record. Je suis perfectionniste, je décide donc de répéter les chansons et les enchaînements. Il ne faut surtout pas qu'on se loupe sur *She's my drug*, c'est le titre phare du nouvel album. En parlant de ma drogue, ma furie court partout pour que l'événement soit une réussite. Je la surprends à me regarder quand je chante, et à fredonner les paroles quand elle les connaît. Je me mets à fantasmer sur son cul alors qu'elle ramasse quelque chose. Il va falloir que je me calme, sinon je ne vais jamais tenir tout le concert. Les répétitions sont terminées. Je vais prendre une douche et me changer. Il faut aussi que je trouve un moyen de la faire venir au club. Là-bas, je pourrai enfin me dévoiler pour qu'on devienne ce qu'on doit être depuis le début : un dominant qui possède sa soumise. Un couple que je dirige ! Une seule solution me vient à l'esprit. Un café frappé, une adresse, une heure et un message signé Dan : « Après le concert, viens faire la fête avec moi au K. » Je ne suis pas fier de moi, mais si elle sait que ça vient de moi, elle ne viendra jamais. Je descends ensuite et profite qu'il n'y ait plus personne au comptoir conciergerie, pour déposer le café frappé avec la carte pour Stones.

Je fais un tour des lieux. Il y a des bougies sur toutes les tables, Stones a voulu recréer l'ambiance d'un festival. Trois food-trucks sont installés pour renforcer l'ambiance. C'est vraiment le top ! Il faut reconnaître que ce Jake a fait du bon boulot sur les tee-shirts et les perfectos.

Tout est enfin prêt, c'est l'heure de vérité ! Pete rassemble tout le monde pour un check collectif. Je sens la chaleur de la main de Stones sur ma peau. Une décharge électrique se répand dans tout mon corps. Elle est vraiment bandante avec sa robe noire, ses boots et son perfecto en cuir. Ma furie me fixe de son regard triste, souligné de noir. Elle me fait ressentir quelque chose que je n'ai jamais éprouvé : l'envie de protéger une femme et la peur de la perdre. Et ouais, je n'ai aucun moyen de savoir si elle viendra ce soir, ni même de savoir si elle a bien eu mon message ! Et si Dan était tombé dessus ! Je sais que je ne peux m'en prendre qu'à moi-même. Si je n'avais pas merdé dans les grandes largeurs, encore une fois !

Allez, c'est parti ! Je salue les personnalités dans le carré VIP. Tout le gratin européen a répondu présent : stylistes, maisons de disques, presse. Si je tenais celui qui a publié ce torchon... La salle est pleine à craquer et la soirée bat son plein. C'est l'heure ! On a décidé de se la jouer original, le groupe commence à jouer pendant que je les rejoins par le public. Je mets mes Ray Ban et les premières notes de *Just me and Myself* résonnent...

Chapitre 34
« Hey Hey My My », Battleme

Stones

Cette journée a été un véritable calvaire, mais quand je vois les gens se battre pour le dernier objet collector, je me dis que ça valait la peine. Les food-trucks font le plein et le bar ne désemplit pas. Tout le monde a adoré la démonstration de *bartending* et le cocktail signature. Les VIP n'ont cessé de complimenter la déco, l'ambiance et l'organisation, comme si cette soirée était *the place to be* ce samedi. Je commence juste à souffler et à m'autoriser un cocktail au bar dans les bras de Dan, quand le concert commence. J'entends les premières notes de *Just me and myself* et je vois Jax avancer dans la foule, en chantant a capella d'une voix si sexy et si virile, que ça devrait être interdit. Sa voix me détend instantanément, comme quand j'écoutais son album et que je ne le connaissais pas. Le public est survolté pendant toute la durée du concert. Le calme se fait quand Jax annonce leur nouveau titre. Lucifer me fixe en chantant *She's my drug* et je murmure les paroles, comme si je les chantais. Notre connexion est troublante, même si je sais que tout ça ne mènera nulle part. À la fin du concert, je remercie les VIP et le personnel recruté pour l'occasion. Je veux surtout rejoindre Dan pour tout oublier. Quand je le rejoins, il ne semble pas savoir de quoi je parle, mais il me dit qu'il me suivra où je le souhaite. Je ne marche pas, je cours ! Dan, spécialiste des phrases qui tuent ! Je ne sais pas où est le *K*, c'est peut-être un club branché. Mais j'ai bien envie de danser jusqu'au bout de la nuit, et Dan est parfait en escorte sexy. En plus, qui de mieux que lui pour comprendre ce que je ressens ! *Tu vas te le faire*, me dis ma conscience ! Cette conscience est vraiment perverse !

Je fais une retouche maquillage et donne l'adresse au chauffeur. J'ai bu deux cocktails, assez pour ne plus me poser de questions, en tous cas ! Pendant le trajet, je suis pensive et fais le bilan de cette semaine qui a changé ma vie à tout jamais, en essayant de faire abstraction de la main de Dan, pensif, qui me caresse. Quoi qu'il se passe, je suis transformée. Il est clair que j'ai vécu beaucoup d'humiliations, surtout avec l'article, mais je suis restée forte, là où avant, je me serais effondrée. Le point positif est que sur la photo, on ne me reconnaît pas vraiment. Le chauffeur nous arrête devant un bâtiment historique et me fait un clin d'œil. Je me demande ce qu'il veut, celui-là. Je sors de la voiture et reçois une décharge quand la main de Lucifer se pose sur moi :

— Qu'est-ce que tu fous là ? Génial ! Aujourd'hui, pour tout Dan acheté, un Jax gratuit !

— C'est moi qui t'ai demandé de venir, ma chérie, dit-il d'une voix douce.

— C'est quoi cette histoire ? demande Dan.

— Suivez-moi ! Après tout, on est dans le même bateau ! Un vrai combat de gladiateurs !

Avec leur jean, leur perfecto et leurs sublimes tatouages, ils sont beaux comme des dieux. Mon corps, qui a sa propre volonté depuis quelque temps, les suit sans opposer la moindre résistance. Leurs yeux brillent d'excitation.

Jax actionne l'ouverture de la porte à l'aide d'une carte, et je pénètre dans un univers mystérieux avec un Apollon à chaque bras. Une brune sexy, qui semble sortir d'un porno chic, prend nos manteaux et demande mes papiers. Je les lui donne, et elle nous souhaite la bienvenue au *K*. Les deux hommes qui m'accompagnent semblent être des habitués, ce qui ne me rassure pas vraiment. Nous arrivons dans un univers qui rappelle les bars clandestins pendant la prohibition, éclairé par des chandeliers ! Putain, on se croirait dans une scène d'*Esprits criminels* ! Je vis mes dernières minutes ! Jax s'arrête et scrute ma réaction. Le regard de Dan s'assombrit et il se poste devant moi. Je me noie dans le turquoise devenu saphir de Lucifer et me perds dans le chocolat noir de Dan, passant sans cesse de l'un à l'autre. Mon esprit est embrumé, comme perdu dans un gouffre sans fond. Je me fige, raide comme un piquet, en face des deux hommes qui attendent une réaction de ma part. J'aperçois des couples en lingerie qui dansent sur *Hey Hey My My*. D'autres sont en train de s'adonner à divers plaisirs sur les banquettes. Stop ! En train de baiser ! Merde ! Le choc me paralyse. Lucifer pose une main sur mon épaule, que j'enlève immédiatement. Dan essaie de me retenir avec son air suppliant, sans succès. Je ne suis pas comme eux, je ne deviendrai pas comme eux, impossible ! Ce n'est pas dans mes gênes ! Je ne vendrai pas mon âme au diable ! Tout ça, c'est la faute de mes parents ! J'espérais vivre une histoire d'amour et je me retrouve à Sodome et Gomorrhe ! Je me précipite dans la rue, complètement paniquée. J'entends la voix lointaine de Jax m'appeler et les cris désespérés de Dan. Je cours sous une pluie battante et m'engouffre dans un taxi. J'envoie un texto à Jake, lui demandant de me rejoindre à l'aéroport. C'est trop ! Que cette essence maléfique n'infecte pas mon sang, je refuse d'être libertine. Jake et moi partirons où personne ne nous trouvera, quelque part où il n'y aura ni Dan ni Jax, ni famille ni personne !

À suivre...

Vous avez aimé votre lecture ?
Découvrez les autres romans des éditions So Romance
disponibles en format papier et numérique.

Chardon bleu
Tome 2 : Montre-moi tes enfers

Dix jours sont passés, Éliza quitte à présent la demeure d'Alex pour s'installer directement dans la chambre du absolute master. Alors qu'un mois lui paraissait interminable, Éliza redoute qu'il prenne fin. Comment retourner à sa vie si paisible, si morne après avoir goûté au danger ? Les derniers jours passent alors à une vitesse folle. Au contact de Silver, la douce et naïve Éliza apprend à dominer ses craintes et à apprivoiser son mystérieux amant. Tout n'est pourtant pas si rose au refuge. Tiraillée entre aider son amie ou trahir celui qui la fait renaître, Éliza va devoir faire un choix.

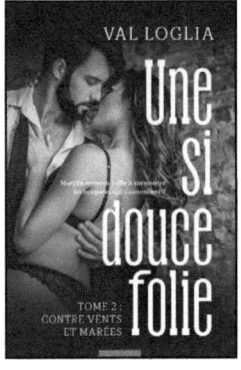

Une si douce folie
Tome 2 : Contre vents et marées

Quelques mois après avoir rencontré Adam, un charismatique avocat, Marylin tente de concilier son rôle de mère avec cette nouvelle passion exaltante. Mais une lettre anonyme la menaçant des pires représailles si elle ne quitte pas son amant vient compromettre ce fragile équilibre. Persuadée que ces menaces proviennent de l'ex-femme d'Adam, Marylin confronte ce dernier, qui refuse de la croire.
Et tandis que sa nouvelle relation rencontre ses premiers soubresauts, l'étau se resserre autour de Marylin…

Fight for me
Tome 1 : Addiction

Alors qu'elle était une adolescente mal dans sa peau, Angie a traversé une période difficile et a commencé à s'auto-mutiler. Sa mère, inquiète pour sa fille et des qu'en dira-t-on, a estimé qu'il était préférable qu'elle parte quelque temps chez sa tante, en Californie. À son retour, six ans plus tard, Angie est métamorphosée et pense être en mesure d'affronter les démons qui l'avaient fait succomber. Mais lorsqu'elle recroise Luca, son ami d'enfance, sa volonté flanche. Car le jeune homme représente à ses yeux bien plus qu'un premier amour. Il est aussi le responsable de son départ.

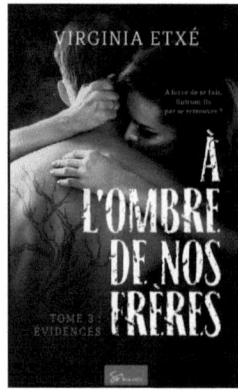

À l'ombre de nos frères
Tome 3 : Évidences

Lorsque Louise apprend que Jonas lui cache ce qu'il sait sur la mort de leurs frères, elle s'effondre et trouve refuge dans les bras du beau Camille. Alors que Camille lui apporte tout ce qu'elle désire, le manque d'imprévu, de passion et de la présence de Jonas se fait trop grand. Perdue entre ce que son cœur lui dicte et sa raison, Louise manque de perdre à nouveau un être qu'elle aime, et elle-même par la même occasion.

Jonas doit apprendre à jongler entre la culpabilité, l'absence de Louise et les tournées de leur groupe, de plus en plus célèbre. Si Louise ne peut pas lui pardonner, comment peut-il à se pardonner ?

Pour en savoir plus
www.soromance.com

Éditions So Romance
10/8, rue Jules Cockx
1160, Bruxelles
www.soromance.com

ISBN : 9782390452591
D/2021/14.771/21

Maquette de couverture : Philippe Dieu
Photo : ©staras / Shutterstock